AF223206

Sounds of the goddess
Band 2
AnniieStan

SOUNDS OF THE *goddess*

Annie Stan

2

FSC
www.fsc.org
MIX
Papier aus ver-
antwortungsvollen
Quellen
Paper from
responsible sources
FSC® C105338

Copyright © 2025 Anniie Stan
Alle Rechte vorbehalten.

Inhalte dürfen, wenn auch nur teilweise und nur
mit der schriftlichen Genehmigung der
Autorin wiedergegeben werden.

Coverdesign & Buchsatz: Anniie Stan
Lektorat & Korrektorat: Lissy Höhne / www.lektorat-meerblick.de

Verlag: BoD · Books on Demand GmbH, In de Tarpen 42,
22848 Norderstedt, bod@bod.de
Druck: Libri Plureos GmbH, Friedensallee 273, 22763 Hamburg

Bibliographische Informationen der Deutschen Nationalbibliothek:
Die Deutsche Nationalbibliothek
verzeichnet diese Publikation in der Deutschen
Nationalbibliografie; detaillierte
Bibliografische Daten sind im Internet
über dnb.dnb.de abrufbar.

ISBN: 978-3-7693-4937-5

Für meine Dramaliebhaber;
Das ist erst der Anfang!

MEINE LIEBEN LESER UND LESERINNEN

In diesem Buch können potenziell triggernde Inhalte auftauchen. Auf der Seite 329 findet ihr eine Triggerwarnung.

Diese enthält Spoiler für das gesamte Buch!

was zuvor geschah...

- zyran -

»Ich habe wirklich geglaubt, sie würde kommen«, murmelte ich. Für einen kurzen Moment hatte ich vorhin ihren Gedanken gelauscht und da klang sie sich so sicher.

Es waren schon mehr als zehn Minuten vergangen und noch immer keine Spur von ihr. Sollte sie dieses Mal geflohen sein, würde ihr die Flucht tatsächlich gelingen können. Ich hatte so viel Vertrauen in sie gesetzt und ihren Gedanken seit vorhin nicht mehr gelauscht. Vielleicht war dies nicht die beste Idee.

Könnte sie etwas umgestimmt haben? Oder war sie noch immer im Kampf mit sich selbst?

»Da kommt jemand«, sprach Fynn freudig und deutete auf eine Gestalt, welche auf uns zu gerannt kam. Ich kniff die Augen zusammen. Es war ein junges Mädchen, doch es war nicht Evelyn.

Das Mädchen hatte hellbraunes Haar und dennoch kam sie mir bekannt vor.

»Das ist Nadia.«

»Wer?«, fragte Fynn irritiert.

»Die beste Freundin von Evelyn. Sie war dabei, als ich sie mitnahm.«

Als Nadia weiter auf uns zu gerannt kam und nicht langsamer wurde, baute sich Fynn schützend vor mir auf. Auch wenn er dies nicht musste, es lag einfach in der Natur des Höllenhundes, seinen *Erschaffer* und *Herrscher* zu schützen. Ein bedrohliches Knurren drang aus seiner Kehle, als Nadia nur noch wenige Meter von uns entfernt war.

»Ist gut Fynn«, nuschelte ich.

Nadia sah etwas erschrocken aus und starrte Fynn eine halbe Ewigkeit an. Ihr Blick huschte erst zu mir, als ich mich einmal räusperte. »Mutig von dir, hier einfach aufzutauchen«, drohte ich ihr, da sie sich nicht zu sicher fühlen sollte. Schließlich wusste ich noch nicht, was sie von uns wollte. Sie atmete schwer, sie muss also ein ganzes Stück gerannt sein. Als sie weiter auf mich zukam, knurrte Fynn erneut und fauchte: »Abstand halten, sonst reiß ich dich in Stücke.«

Obwohl ich ihr Herz rasen hörte und sie definitiv Angst hatte, ließ sie sich das nicht anmerken.

»Mach sitz, Köter und schweig still!«

Entsetzt starrte Fynn sie an.

Während ich leicht schmunzeln musste, bevor ich schnell wieder ernst wurde.

»Was machst du hier? Wo ist Evelyn? Ist sie bei dir?«

Nadia seufzte und fuhr sich durch ihr Haar. »Wo soll ich nur anfangen?«

»Am Anfang«, antwortete ich, was sie die Augen verdrehen ließ.

»Die Schwestern hatten mich mitgenommen, um Evelyn zu suchen. Als ich mehr oder weniger herausfand, was sie vorhatten, beschloss ich, vor ihnen bei Eve aufzutauchen. Trya war dabei dicht hinter mir. Ich hatte Evelyn alles erzählt, was ich über die Schwestern erfahren hatte, und dennoch beschloss sie, nicht mit mir zu fliehen, da sie aus irgendeinem mir unverständlichen Grund zu dir wollte. Diese Idiotin stieß mich in ein Gebüsch und meinte dann nur noch, ich solle zu dir gehen, sobald die Luft rein ist. Sie vertraut dir. Sie vertraut offensichtlich darauf, dass du sie retten würdest, was ebenfalls unverständlich für mich ist. Doch nun bleibt mir nichts anderes mehr über, als darauf zu hoffen, dass sie recht hat und man dir zumindest ein wenig trauen konnte. Trya hat sie mitgenommen und so wie es aussah, hat sie nichts Gutes mit ihr vor!«

Fynn gab einen entsetzten Laut von sich. Nadia und ich sahen gleichzeitig zu ihm. »Wenn die Schwestern sie haben —«, Fynn ließ den Satz unbeendet und sah mich aus großen Augen heraus an. »Wir müssen sie finden!«

Mehrmals nickte ich. Er hatte recht. Denn wenn die Schwestern Evelyn wirklich mitgenommen hatten, konnte ich für nichts garantieren. Sie könnten sie foltern, verletzen, oder noch schlimmer, umbringen!

Wieso hatte sie sich gestellt? Nadia und Evelyn hatten anscheinend einen größeren Draht zueinander, als ich angenommen hatte. Der Beschützerinstinkt der beiden war ziemlich groß. Was in Situationen wie dieser nicht gerade zum Vorteil war!

»Evelyn sagte, du wüsstest ein paar Dinge über sie und sie ist der festen Meinung, du würdest es mir erklären«, unterbrach Nadia meine Gedanken.

Das würde ich auf jeden Fall tun, doch zuerst –

bevor ich meine Pläne zu Ende denken konnte, unterbrach mich eine laute Stimme.

»Aus dem Weg!«, hörte ich Jade aufgebracht rufen.

Zusammen mit Nadia und Fynn, drehte ich mich zum Tor des Schlosses um.

Jade riss es auf und kam aus dem Schlosshof auf mich zu gerannt. Noch nie hatte ich einen Dämon außer Atem gesehen, doch als Jade bei mir ankam, ging ihr Atem stoßweise.

»Irgendetwas stimmt nicht mit Evelyn!«, keuchte sie.

Obwohl ich bereits vermuten konnte, was sie mir gleich mitteilen wollte, ließ ich sie aussprechen.

»Ich habe keine Ahnung, wie sie das geschafft hat, doch gerade, als ich gedanklich zu ihr sprach, damit sie zu uns kommt, konnte ich ihre Stimme in meinem Kopf hören!«

»Du konntest was?«, fragte Fynn irritiert.

Auch ich war erstaunt. Dafür, dass sie gerade erst herausgefunden hatte, dass sie überhaupt die Gedanken von Dämonen hören konnte, war dies ein wirklich außergewöhnliches Phänomen. Das Kommunizieren in Gedanken war keine einfache Übung. Allein, dass sie Jade aus solch einer Entfernung hören konnte, glich einem Wunder.

Wir alle haben dich eindeutig viel zu sehr unterschätzt, Evelyn!

»Was hat sie gesagt?«, fragte ich.

»Sie sagte, sie wollte zu uns kommen, doch sie würde nicht können. Sie hatte meinen Namen gesagt und sich mehr oder weniger bei mir entschuldigt, wir müssen –«
Jade war so in Panik geraten, dass sie erst jetzt die zarte Gestalt von Nadia neben mir wahrnahm. »Wer ist das?«

»Ich bin Nadia. Ich bin Evelyns beste Freundin und bin hier, um sie mit eurer Hilfe zu retten.«

»Retten? Also hatte ich recht. Ihr ist etwas zugestoßen.«

»Die Schwestern aus dem Kloster haben sie«, erklärte ich Jade knapp.

Ein furchteinflößendes Grollen, wie es nur ein Dämon konnte, drang aus ihrer Kehle. »Was steht ihr hier dann noch so herum? Wir müssen sie finden!« Jades wütender Blick schoss zu Nadia. »Du weißt, wo sie mit ihr hin sind?«

»Wenn Trya die Wahrheit gesagt hat, sind sie zurück zum Kloster.«

Knapp nickte Jade, bevor sie zu mir sah. »Was werden wir jetzt tun, Zy?«

Ohne zu zögern, wandte ich mich an Fynn und befahl: »Ruf ein paar Krieger zusammen, sie sollen sich bereit machen, in zehn Minuten wollen wir los. Jade, du holst die Pferde und bereitest sie vor. Nadia, du kommst mit mir, wir sollten uns vor der Reise noch etwas unterhalten.« Keiner widersprach. Nicht einmal Nadia.

Kaum, dass ich meine Rede beendet hatte, rannten Fynn und Jade zurück ins Schloss, kurz darauf hörte man auch schon, wie die Dämonen im Schloss *zum Leben erwachten* und sich für eine Reise vorbereiteten. Bevor ich mich Nadia zuwandte, huschte mein Blick für ein paar Sekunden zum Wald.

Keine Sorge Evelyn, wir werden dich finden und ich werde jeden umbringen, der dir auch nur ein Haar gekrümmt hat! Halte durch, Kleines!

Kapitel 1

- Evelyn -

Es müssten nun drei Tage vergangen sein, seit mich die Schwestern mitgenommen hatten. Nachdem Schwester Trya uns in das Kloster zurück gezaubert hatte, brachte sie mich durch einen versteckten Eingang in der Bibliothek hinab in einen Keller. Die Stufen sahen alt und kaum benutzt aus. Staub und Spinnweben hatten es sich an jenen Stellen längst gemütlich gemacht. Dort unten musste schon seit Ewigkeiten keiner mehr gewesen sein. Als wir am Ende der Treppe ankamen, ähnelte es bereits im Vorraum einem Kerker. Ohne ein Wort hatte sie eine stabile Holztür aufgerissen und mich in einen kalten, kleinen Raum gezerrt. Die Wände waren aus Stein, genauso wie der Boden. Es befand sich lediglich eine kleine, ziemlich dünne Decke darin.

»Es ist nur zu deinem Schutz«, hatte Trya zu mir gesagt, bevor sie den winzigen Raum verlassen hatte. Ich hörte noch das leise Klicken eines Schlosses, bevor sie mich in der Dunkelheit und Stille zurückließ.

In diesen drei Tagen, kam an jedem Tag eine Schwester vorbei – einmal morgens und einmal abends – und brachte mir ein Stück Brot und etwas Wasser zu trinken. Sie brachten mich auch dreimal am Tag in einen angegrenzten Raum, in welchem ich mich erleichtern konnte. Ich wusste, dass sie dies alles mit Absicht taten. Sie sperrten mich ein, ließen mich in der Dunkelheit mit nur wenigen Dingen zum Überleben, um mich zum Reden zu bringen. Doch da hatten sie sich gründlich getäuscht. Kein Wort würde meine Lippen verlassen, da können sie mich noch so lange in der Dunkelheit sitzen lassen!

Als hätten sie meine Gedanken gehört, ertönte plötzlich Tryas Stimme vor der Tür. »Es reicht jetzt, meine Geduld ist zu Ende! Seit Tagen sitzt sie da drin und sagt kein Wort!«

Ich war mir nicht sicher, ob sie es beabsichtigt hatte, dass ich ihre Worte ebenfalls hörte. Doch egal, ob ja oder nein, die Wut in ihrer Stimme verhieß nichts Gutes!

Die schwere Tür wurde geöffnet und Trya trat in Trainingskleidung zu mir in den Raum. Auch die – ich glaube vier – weiteren Schwestern, welche ich kurz gesehen hatte, trugen ihre Trainingskleidung.

»Evelyn, rede mit uns. Wir wollen dir nur helfen, doch wenn du uns nicht erzählst, was mit dir passiert ist und wo sich Nadia befindet, können wir es nicht«, sprach sie mit sanfter Stimme und beugte sich etwas zu mir hinab.

Trya versuchte, ihre Anspannung und ihre Wut so gut es ging zu verbergen, aber das zornige Feuer in ihren Augen und die angespannten Muskeln unter der engen Kleidung entgingen mir nicht.

Schweigend starrte ich der Schwester entgegen, welche immer bedrohlicher wirkte. Als sie merkte, dass ich auch jetzt nichts sagen würde, richtete sie sich wieder auf und knurrte: »Bringt die Sachen rein.«

Erschrocken riss ich die Augen auf, als ich sah, was zwei der im Türrahmen wartenden Schwestern zu mir hereintrugen. *Bei Jorun ... wollten sie mich nun etwa umbringen?!*

Während eine Schwester einen großen Eimer mit Wasser schleppte, brachte eine weitere Schwester verzauberte Ketten. Ich roch die Magie sofort, die sich auf den Ketten befand. Es war schwarze Magie, welche die Kräfte einer Hexe unterdrücken konnte.

Ich wollte mich schnell aufrichten, doch ich kam nicht weit. Trya war längst bei mir und strich mir ein paar

Haarsträhnen aus dem Gesicht. »Wo willst du denn hin?«, fragte sie mit einer raubtierhaften Stimme. Ich schluckte schwer. Die Schwester mit dem Wasser stellte den Eimer etwa in die Mitte des Raumes, während die andere zu mir und Trya kam.

Mit weit aufgerissenen Augen versuchte ich, den Schwestern auszuweichen. Allerdings, ohne Erfolg.

»Es ist nur zur Sicherheit. Wer weiß, was dieser Dämon mit deinem Fünkchen Magie angestellt hat.«

Hörte ich da einen Hauch von Angst aus ihrer Stimme? Was hätte Zyran schon mit meiner Magie anstellen sollen? Nehmen wir mal an, Zyran hätte sich mir mehr anvertraut, dachte Trya wirklich, ich hätte in so kurzer Zeit so viel über meine Magie lernen können?

Sie griff nach meinen Händen und hielt sie mir auf meinem Rücken zusammen, während die Schwester eine der Ketten um meine Handgelenke band. »Rede mit uns, Evelyn, dann müssen wir das alles erst gar nicht tun«, redete Trya wieder auf mich ein, doch ich würde kein Wort verlieren. Sollen sie mich doch foltern, dann würde ich zumindest endlich einmal ihr wahres Gesicht sehen.

Es hätte umgekehrt sein sollen. Ein Dämon, der log und mich nur um den Finger wickeln wollte und die Schwestern, die mich versuchten zu schützen. Doch nun sah es ganz danach aus, als hätte der Dämon tatsächlich bei allem die Wahrheit gesagt und die Schwestern waren hier die Bösen in meiner Geschichte.

Trya seufzte laut und drückte mich vor dem Eimer auf die Knie. Ohne ein Wort zu sagen, wickelte die Schwester auch um meine Beine eine Kette. »Letzte Chance Evelyn. Rede und wir müssen das erst gar nicht anfangen«, meinte Trya mit einem bedrohlichen Unterton in der Stimme. Ich funkelte sie wütend an, weigerte mich aber weiterhin, etwas zu sagen.

Tryas Gesichtsausdruck wurde wieder etwas weicher. »Ich weiß, du hältst uns gerade für Monster, doch das ist alles nur zu deinem Besten«, hauchte sie, während sie mir abermals durch mein Haar strich. Ruckartig richtete sie sich wieder auf und ihre Miene gefror erneut zu Eis. »Fangt an«, verlangte sie streng. Kaum, dass ich Luft geholt hatte, wurde mein Kopf auch schon nach unten gedrückt und mein Gesicht landete in dem Eimer mit eiskaltem Wasser. Aus Reflex hätte ich beinahe eingeatmet. *Verdammt, war das kalt!*

Ich wusste, dass dies eine weitere Methode war, in der Hoffnung, ich würde schneller aufgeben.

Sie hatten meinen Kopf etwa zwanzig Sekunden unter Wasser gehalten, bevor sie mich an den Haaren hochzogen. Augenblicklich holte ich tief Luft. *Was wäre wohl der schlimmere Tod? Ertrinken oder beinahe erfrieren?*

Da sie mich jedoch noch nicht allzu lange »gefoltert« hatten, war ich sofort auf alles um mich herum gefasst. Trya schien dies zu merken und es gefiel ihr eindeutig nicht, denn kaum, dass mein Kopf oben war, fauchte sie: »Noch mal.«

Kurz vor dem Eimer hatte ich ein letztes Mal erneut Luft holen können, bevor mein Kopf zum zweiten Mal in dem eiskalten Wasser landete.

Laut hustete ich und schnappte nach Luft. Immer mehr Wasser rann meine Kehle hinab, welche bereits wie Feuer brannte. Ich hatte das Gefühl, ich würde jeden Augenblick das Bewusstsein verlieren, da ich kaum noch atmen konnte. *Würde ich heute doch noch sterben?*

Mein Kopf war mittlerweile bestimmt so rot wie eine Tomate, da mir das Gesicht einfror. Ich zitterte am ganzen Körper und klapperte laut mit den Zähnen. Die Kälte war nur mit Mühe auszuhalten und ich wusste, dass ich leicht unterkühlt war. Denn nicht nur ihre Folter besaß eisige Kälte, sondern auch der Kellerraum selbst.

Ich blieb weiterhin stumm und weigerte mich, meinen Mund zu öffnen, doch wenn sie so weitermachte, würde ich noch an Unterkühlung sterben.

»Rede einfach, Evelyn und wir hören auf!«, maulte mich Trya an.

»Trya, du bringst sie noch um!«, mischte sich plötzlich eine Schwester ein.

»Ich wasche ihr einfach nur die Dummheiten aus dem Kopf, die ihr der Dämon eingepflanzt hat!«

»Es bringt doch aber nichts, sie wird nicht reden. Sieh sie dir an!«

Immer wieder schnappte ich laut nach Luft. Ich wollte die Hexe sehen, welche doch langsam ein schlechtes Gewissen bekam, konnte jedoch nur ihre Umrisse erkennen.

Aufgrund meiner schmerzenden Kehle rannen mir unaufhaltsam Tränen die Wange hinab. Dadurch war alles um mich herum verschwommen. *Verdammt, das soll endlich aufhören! Sie werden mich wirklich noch umbringen!*

»Mach weiter«, hörte ich noch Tryas Stimme, bevor mein Kopf ein weiteres Mal nach unten gedrückt wurde.

KAPITEL 2

- Zyran -

Der vierte Tag brach an und endlich befand sich das Kloster in unserer Sichtweite. Die ersten Sonnenstrahlen waren bereits am Horizont zu erkennen und brachten uns den Tag herbei. Zusammen mit Nadia hatte ich mich hinter einem breiten und dichten Gebüsch versteckt.

»Und du bist dir sicher, dass sie heute kommen?«, vergewisserte ich mich ein weiteres Mal bei ihr.

Erneut nickte diese. »Sie kommen an jedem Monatsanfang und das immer bei Sonnenaufgang, ich schwöre es.«

Obwohl sie nun schon seit Tagen mit uns unterwegs war, konnte ich noch immer einen Hauch von Angst und Misstrauen erkennen. Da ich Nadias Gedanken hören konnte, wusste ich natürlich, was sie von uns hielt. Sie vertraute uns in der Hinsicht, Evelyn befreien zu können, doch sie wollte uns ihre beste Freundin nicht überlassen.

Seit mehreren Stunden hörte ich sie grübeln. Sie überlegte sich einen Plan, wie sie Evelyn heil aus der Sache herausbringen könnte, um anschließend mit ihr, ohne dass es uns auffiel, zu entkommen.

Bevor ich ihr mitteilen konnte, dass ich von ihrem Plan wusste, oder sie noch etwas zu ihren Worten hinzufügen konnte, waren plötzlich leise Stimmen zu hören. Nadia hatte also die Wahrheit gesagt.

Nur wenige Sekunden vergingen, als ich endlich zwei komplett in Schwarz gekleidete Personen entdeckte. Beide Personen trugen eine Soutane und einen genauso langen Mantel darüber, dessen Kapuze sie bis in ihr Gesicht gezogen hatten. Ohne es zu wollen, musste ich sofort an Evelyn denken und konnte mir ein leichtes Grinsen nicht verkneifen.

Auch sie hatte bei unseren Begegnungen immer einen solchen Mantel getragen und die Kapuze in ihr Gesicht gezogen. Das Einzige, was ich immer sehen konnte, waren ihre vollen, rosa Lippen. Und diese hatten vom ersten Tag an, eine magische Wirkung auf mich. Ich hatte mich dafür verflucht, sie war zu diesem Zeitpunkt, nur ein Mittel zum Zweck. Der Hauch von Freude hatte sich in mir bemerkbar gemacht, als sie zu mir die Worte *»Das wäre dann wohl ich«,* gesagt hatte.

Für wenige Augenblicke hatte ich gedacht, sie würde sich einfach nur selbst opfern, aber als ich ihr schließlich die Kapuze vom Kopf gerissen und ihr beinahe weißes Haar erblickt hatte, wusste ich: Sie war wirklich diejenige die ich gesucht hatte! *Meine Evelyn!*

»Also gut, dann legen wir mal los«, flüsterte ich Nadia zu, die sich derweil in Position brachte. *Halte durch Kleines, wir sind gleich bei dir!*

KaPITEL 3

- zyran -

Mit schnellen Schritten schlich ich zu den Boten, während sich Nadia mit etwas Abstand hinter einem breiten Baum versteckte und sich weiterhin bereithielt. In dem Moment als die Boten vor der versteckten Hintertür ankamen, war das leise Klicken des Türschlosses zu hören. Dank meiner dämonischen Fähigkeiten war ich um einiges schneller als die Hexe. Während diese noch dabei war, die Tür zu öffnen, stürmte ich hinter die Boten und brach beiden mit zwei kurzen Handgriffen das Genick. Ein hohles, aber lautes Knacken war von ihren brechenden Knochen zu hören, bis sie mit einem stumpfen Knall zu Boden gingen. Ihre Köpfe waren in einen unnatürlichen Winkel verdreht und die Augen vor Schock geweitet.

Sobald die Hexe die Tür geöffnet hatte und schockiert auf die toten Boten sah, machte ich einen Schritt nach vorne, damit sie die Tür nicht mehr schließen konnte. Mit einem kleinen Zauber ließ Nadia die Boten unter einer Art unsichtbarem Mantel verschwinden. Allerdings würde dieser Zauber nicht auf ewig halten. Anschließend konnte ich, dank unseres perfekten Gehörs, hinter mir das leise Pfeifen von Nadia hören. Dies diente als Zeichen für Fynn und Jade, um ihr Versteck nicht vor den Hexen bekannt geben zu müssen.

Damit Nadia nicht in die Hände der Schwestern gelangen konnte, bat ich sie, draußen zu warten. Dies tat sie zwar nur widerwillig, ließ sich aber am Ende von Fynn umstimmen, welcher nun mit mir ins Kloster ging.

Dass die Situation nicht aus dem Ruder laufen konnte, hatte ich Jade, Fynn und zwei weiteren meiner Leute, befohlen, etwas weiter im Wald die Umgebung im Auge zu behalten.

Wie ich es auch damals bei Nadia getan hatte, ließ ich die Hexe mit einer winzigen Handbewegung erstarren. In dem Moment, als die Hexe in ihrer Bewegung einfror, kam Fynn zu mir.

»Bereit?«, fragte er, was ich, ohne zu zögern, bejahte.

Ich sah noch einmal hinter mich und entdeckte Nadia zusammen mit Jade. Während Jade den Wald weiterhin im Auge behielt, war Nadias Blick auf uns und die Mauern gerichtet.

»Bring sie heil da raus«, hörte ich ihre leise Stimme.

Ich nickte ihr entschlossen zu, dann drängte ich mich auch schon an der erstarrten Hexe vorbei und sah mich zusammen mit Fynn in den langen Gängen um.

Nadia hatte uns zwar ein paar mögliche Verstecke genannt, wo sich Evelyn eventuell befinden könnte, dennoch schloss ich für einen kurzen Moment meine Augen, in der Hoffnung, ich würde ihre Gedanken, Stimme oder ihren Geruch an irgendeiner Stelle vernehmen.

»Sie werden sie irgendwo hingebracht haben, wo sie überhaupt keinen Zugang zu ihrer Magie hat.«, murmelte Fynn. Auch er wirkte konzentriert und schien sie nicht aufspüren zu können.

»Deshalb wollte ich auch einfach alles abfackeln«, gab ich knurrend von mir, teils aus Wut und teils aus Verzweiflung.

»Reiß dich zusammen, wir finden sie auch so. Außerdem hast du Nadia versprochen, keiner Junghexe etwas anzutun.«

»Du. Du hast es ihr versprochen, Fynn. Ich halte mich lediglich an dein Versprechen.«

Fynn verdrehte seine Augen.

Allerdings hatte er nicht ganz unrecht, schließlich gab ich das Okay für dieses nervige Versprechen. Aber es brachte mich beinahe um. Wo war sie nur?! Was haben sie mit ihr gemacht, dass sie ihr sogar den winzigen Hauch an Magie nehmen mussten?!

Rot. Alles, was ich sah, war rot! *Verflucht, wir müssen Evelyn so schnell wie möglich finden, sonst brenne ich die Bude noch aus Versehen ab!*

»Ich hab da was«, flüsterte Fynn und deutete auf ein Bücherregal. Wir waren mittlerweile in der Bibliothek angekommen. Auf dem Weg dahin hatte ich schon vier Schwestern erstarren lassen müssen.

Der Zauber würde noch etwa fünf Minuten anhalten, wir mussten uns also wirklich beeilen, denn wenn eine der Schwestern erst Alarm geschlagen hatte, würden wir ohne ein paar tote Hexen nicht mehr hier rauskommen.

Fynn suchte das ganze Regal ab und als ich ihn gerade als Idioten beschimpfen wollte, vernahm auch ich einen leichten Geruch, welcher sich hinter dem Regal befand. Es war Magie, sie war ziemlich schwach, aber sie war da. Befand sich hinter der Wand etwa ein Geheimversteck?

Da wir nach wenigen Sekunden noch immer nicht herausgefunden hatten, ob es sich bei dem Regal um eine geheime Tür handelte und ob sich irgendwo ein Schalter dafür befand, schlug ich mit meiner Faust einfach in die Mitte hinein. Zeitgleich sahen wir durch das Loch und

Fynn hatte tatsächlich recht, dahinter befand sich ein endloser Hohlraum.

Da ich mir beinahe sicher war, dass sich dort unten ebenfalls ein paar Hexen aufhielten und uns diese bereits durch meinen Schlag gehört hatten, schindete ich keine Zeit mehr, riss das Regal aus der Wand und rannte anschließend dicht gefolgt von Fynn die veralteten Treppen hinab.

Eine Gänsehaut zog sich über meinen gesamten Körper, als ich Evelyn laut husten hörte. Es war unverkennbar sie, ich irrte mich nie, dafür war mein Gehör zu gut. Doch leider erkannte ich durch dieses auch, dass es sehr danach klang, als würde sie keine Luft mehr bekommen. Die Wut in mir stieg bis ins Unermessliche und als ich dann auch noch eine weibliche Stimme vernahm, rastete ich vollkommen aus. Ihre Worte brachten mich endgültig zum Explodieren. »Tauch sie noch mal unter. Sie scheint es noch nicht zu verstehen!«

Da Fynn genau wusste, was ich fühlte, sah ich ihn im Augenwinkel zu mir sehen. Genauso wusste er, dass ich wütend nicht mehr angesprochen werden sollte und schon gar nicht aufgehalten!

Um meinen dämonischen Trieben zu zeigen, dass er keine Bedrohung war, machte Fynn einen kleinen Schritt zurück. *VERFLUCHTE SCHEIßE, ICH HABE MICH*

WIRKLICH IN SELBSTBEHERRSCHUNG GEÜBT –
doch das wars dann wohl ...

Noch bevor auch nur eine der Hexen mich hätte sehen können, stürmte ich in die kleine Versammlung und riss der ersten Hexe mit Leichtigkeit den Kopf vom Körper. Blut spritzte mir ins Gesicht, doch das war mir egal. Noch nie hatte ich das Morden so sehr genossen wie in diesem Moment. Genüsslich leckte ich mir das Blut meiner Opfer von den Lippen und riss einer Hexe nach der anderen irgendwelche Gliedmaßen aus dem Körper. *Scheiße tat das gut!*

Kapitel 4

- Evelyn -

Seit zwei Stunden zogen sie dieses Programm nun schon durch. Immer wieder tauchten sie meinen Kopf unter, bis ich glaubte, zu ertrinken. Mehrmals hatte ich schon Wasser geschluckt. Meine Lungen brannten und ich hatte das Gefühl, sie würden in Flammen stehen. Mein Herz raste, während mein Kopf wie leergefegt war und ich kaum noch einen klaren Gedanken fassen konnte. Starke Kopfschmerzen hatten sich bei mir gemeldet und versuchten mir zu verdeutlichen, dass mein Körper diese Folter nicht mehr lange mitmachen würde. Ich würde eindeutig bald sterben. Ich spürte es, tief in meinen Knochen.

Immer wieder probierte Trya, auf mich einzureden. Versprach mir, wenn ich ihr von Zyran erzählen würde und ihr verraten würde, wo sich Nadia aufhielt, würde sie mit dem ganzen aufhören und ich dürfte wieder am

Unterricht teilnehmen. Doch ich weigerte mich weiterhin, irgendetwas zu sagen. Sollen sie mich umbringen, ich werde meinen Mund nicht öffnen!

»Tauch sie noch mal unter. Sie scheint es noch nicht zu verstehen!«, hörte ich Trya wie durch eine Wand hindurch. Ich war zu schwach, um ein weiteres Mal Luft zu holen und kurz bevor mich die Schwester in den Eimer drückte, hörte ich um mich einen lauten Knall.

Ich glaubte, die Schwester schreckhaft einatmen gehört zu haben, bevor sie mich plötzlich losließ und ich kraftlos zur Seite kippte. Ich bereitete mich auf die Schmerzen vor, da ich meinen Kopf nicht vor dem Steinboden schützen konnte und meine Arme wie auch meine Beine, keine Bewegungsfreiheit hatten.

Verschwommen konnte ich den Boden dicht vor meinen Augen erkennen, als sich unerwartet eine Hand unter meinen Kopf und auf meine Schulter legte. Die Hand half mir, mich etwas aufzurichten, bevor sie mir sanft über meinen Oberarm strich. Mit trägen Augen und einem schweren Kopf, versuchte ich, zu meinem Retter zu sehen und mir blieb beinahe das Herz stehen.

»Fynn?«, krächzte ich. Meine Stimme war mehr als am Arsch. Vermutlich würde ich eine saubere Erkältung und eine Lungenentzündung bekommen.

»Du bist jetzt in Sicherheit. Ich befreie dich von den Ketten, danach kannst du dich etwas ausruhen. Zyran und ich bringen dich hier raus, weg von dem Kloster. Nadia ist ebenfalls bei uns«, teilte er mir die schönste Nachricht nach Tagen mit.

Sobald Fynn mich von den Ketten befreit hatte, ließ ich mich in seine Arme fallen und schloss meine schweren Lider, um der Welt für einen Moment entkommen zu können. Obwohl diese Situation alles andere als witzig war, hätte ich schwören können, Fynn für einen Moment leise lachen gehört zu haben. *Vollidiot!* Ich wusste genau, weshalb er lachte. Vor wenigen Tagen erst hatte ich ihn und Zyran zum Teufel geschickt und gesagt, ich würde lieber von einem Pferd fallen, als bei Zyran zu schlafen. Nun, so schnell können sich die Dinge ändern.

KAPITEL 5

- EVELYN -

Langsam kam ich wieder zu mir und versuchte, meine schweren Augenlider zu öffnen. Meine Lunge brannte noch mehr, als sie es während der Folter tat, während ich weiterhin am ganzen Körper zitterte. »Sie wacht auf«, vernahm ich eine Stimme, die mir bekannt vorkam.

Mein leises, angestrengtes Keuchen erfüllte den Raum und endlich schaffte ich es, meine Augen zu öffnen. Meine Sicht war noch etwas verschwommen und klärte sich nur sehr langsam. Neben mir erkannte ich Jade, welche mich genaustens beobachtete, und etwa zwei Sekunden später tauchten auch Zyran, Fynn und Nadia in meinem Blickfeld auf.

Sofort traten mir die Tränen in die Augen, als ich meine beste Freundin erblickte. Nachdem mich die Schwestern mitgenommen hatten, hatte mich das Gefühl, ich könnte sie verlieren, nicht für eine Sekunde verlassen.

Auch in Nadias Augen glänzten Tränen, während sie sich an Zyran vorbei drängte und mir ohne jegliche Zurückhaltung um den Hals fiel. Ein Schluchzen verließ meine Lippen und auch Nadia fing leise zu schniefen an. »Bei Jorun, ich hatte solch eine Angst um dich!«, weinte sie und drückte ihr Gesicht in meine Halsbeuge.

Nachdem wir uns etwas beruhigt hatten, ließ Nadia von mir ab und stellte sich wieder neben meinen *Entführer.*

Ein breites Grinsen schlich sich auf Zyrans Lippen. Sofort schoss mir die Röte in die Wangen. Wie schon so oft hatte ich tatsächlich vergessen, dass dieser Mann meine Gedanken lesen konnte.

Ich hatte bereits mit einem dummen Kommentar gerechnet, als er unerwartet fragte: »Wie fühlst du dich?«

»Gut, soweit«, murmelte ich mit heißer Stimme.

»Tut dir etwas weh?«, fragte nun Fynn.

»Meine Lunge und meine Muskeln schmerzen etwas. Außerdem ist mir noch immer kalt.«

Jade, die bis jetzt neben mir auf einem Stuhl gesessen hatte, erhob sich und klopfte sich dabei den imaginären Staub von der Stoffhose. »Ich werde dir einen Tee zubereiten, der sollte ein wenig gegen die Lungenschmerzen helfen und deine Muskeln etwas entspannen und noch dazu, wärmt er dich.«, sie schenkte mir noch ein sanftes Lächeln, bevor sie auch schon den Raum verließ.

»Möchtest du uns erzählen, was genau passiert ist?«, kam es nun von Nadia.

Schwer schluckte ich, als mir die letzten Tage durch den Kopf schossen. Ohne es aufhalten zu können, ertönte plötzlich Tryas Stimme in meinem Kopf, ich hörte, wie sie der Schwester befahl, mich wieder in das Wasser zu drücken, wie sie versuchte, auf mich einzureden. Eine Gänsehaut schlich sich auf meinen Körper und ein komisches Gefühl breitete sich in meinem Magen aus.

Nur teilweise bekam ich mit, wie Fynn Nadia plötzlich zu sich auf die andere Seite des Bettes zog und er angespannt zu Zyran sah. Ich konnte ihn nicht sehen, viel zu sehr war ich in meinen Gedanken gefangen. Doch irgendetwas schien nicht zu stimmen, denn während Nadia mit großen Augen langsam ein paar Schritte rückwärts trat, wirkte Fynn immer nervöser.

Langsam drehte ich meinen Kopf nach links zu Zyran und sofort stockte mir der Atem. *Bei Jorun!*

Seine sonst funkelnden smaragdgrünen Augen glühten nun heller als je zuvor und hatten einen noch unnatürlicheren Farbton angenommen. Es schien, als würden darin kleine grüne, aggressive Flammen tanzten und sein Gesicht war dabei wutverzerrt.

Seine komplette Haltung spiegelte den Dämon in ihm wider. Er strahlte die reine Dunkelheit aus und er hatte nicht die geringste Chance, diese zu verbergen. Natürlich wusste ich sofort, weshalb er im Moment solch eine rasende Wut verspürte.

Erneut hatte dieser Idiot meinen Gedanken gelauscht und somit die Worte, welche Trya an mich gerichtet hatte, mitbekommen.

»Ich bringe diese verdammte Schlampe um!«, knurrte er. Seine Stimme war tiefer und rauer als sonst und sofort wurde mir klar, er war kurz davor, die Kontrolle zu verlieren. Während Nadia immer weiter zurückwich, stand Fynn einfach nur da und beobachtete seinen Freund. Auch wenn ich mich nicht mit dämonischen Sitten auskannte, war ich mir sicher, dass sich Fynn nur deshalb nicht bewegte, um nicht als Bedrohung dazu stehen.

Dämonen waren wilde und zornige Wesen, kannten keinen Halt vor jeglicher grausamen Tat und wenn sie erst einmal Blut geleckt hatten, fielen sie schnell in einen unaufhaltsamen Blutrausch, erst recht, wenn sie sich bedroht fühlten.

Auch wenn die Situation die falsche war, musste ich innerlich lachen. Diese Monster konnte man beinahe mit wilden Hunden oder Wölfen vergleichen!

Der Tanz der Flammen in seinen Augen wurde immer stärker und plötzlich kam mir eine vollkommen irrsinnige Idee. Trotz des hohen Risikos, dass mir diese mein Leben kosten konnte, wollte ich es versuchen.

Während ich Zyran weiter im Auge behielt, schlug ich langsam und vorsichtig die Decke von mir. Genauso langsam stieg ich aus dem Bett, während Zyran jede meiner Bewegungen wahrnahm.

»Evelyn«, warnte mich Fynn flüsternd, doch ich hörte nicht auf ihn. Ich wusste, was ich tat … Na ja, mehr oder weniger.

Ich überbrückte die wenigen Zentimeter, welche uns voneinander trennten, hob vorsichtig meine Hand und legte sie ihm an die Wange. Ein Blitz schoss durch mich hindurch und ein leises Keuchen verließ meine Lippen.

Es fühlte sich an, als würde meine Magie auf seine Wut reagieren und sie in vollen Zügen genießen. Mein Körper saugte seine Wut in sich auf und es war, als hätte ich jemanden in meinem Inneren leise schnurren gehört. Ein unbändiges Verlangen erwachte tief in mir und ich vergaß beinahe, was ich eigentlich vorhatte.

Seine Macht und seine Wut waren wie ein Blutrausch für meine Magie. Immer mehr spürte ich, wie sie auf mich überging. *Verdammt, das fühlte sich so gut an!*

Gerade noch rechtzeitig, bevor ich in dem Rausch aus Macht und Genuss verfallen konnte, erinnerte ich mich wieder an mein Vorhaben. Ich stellte mich also auf Zehenspitzen, beugte mich ein wenig zu ihm nach vorne und legte meine Lippen sanft auf seine.

Ich wollte seine Wut nicht verstärken und wollte dem Dämon keinen Grund zum Angriff geben, also versuchte ich ihn, so sanft wie es mir nur möglich war, zu küssen. Ein leises Knurren war von ihm zu hören, als Zyran auch schon seine Hände auf meine Hüften legte. Langsam bewegte ich meine Lippen auf seine, was er mir nach wenigen Sekunden nachahmte.

Der Kuss diente lediglich dazu, ihn zu beruhigen, auch wenn ich es wirklich verführerisch fand. Da ich spürte, wie sich Zyrans angespannte Muskeln langsam lockerten, wollte ich mich von ihm lösen, doch sofort machte er mir einen Strich durch die Rechnung. Besitzergreifend griff Zyran mit einer Hand in meinen Nacken und hielt meinen Kopf vor sich gefangen, während er seine andere Hand in meinen Hintern krallte. Der Kuss wurde immer stürmischer und ich war nicht dazu in der Lage, ihn abzubrechen. Dafür genoss ich ihn viel zu sehr!

Fester presste mich Zyran an sich und dabei entging mir nicht seine immer weiter wachsende Erektion, welche sich gegen meinen Bauch drückte. *Verflucht, so war das überhaupt nicht geplant!*

Mit großen und bestimmenden Schritten dirigierte mich Zyran zurück zu dem Bett. Je länger wir uns küssten, desto mehr zerbrach die Schutzmauer in mir, welche mich in Zurückhaltung geübt hatte. Zyran schien es nicht anders zu gehen. In dem Moment, in dem ich die Kante des Bettes an meinen Kniekehlen spürte, löste er den Kuss etwas und knurrte: »Raus.«

Genauso wie ich, wussten Fynn und Nadia, dass er sie damit gemeint hatte. »Zy –«, versuchte es Fynn nun doch bei Zyran, allerdings schien diesem seine Meinung egal zu sein. Erneut löste sich Zyran von meinen Lippen und starrte nun mit demselben Feuer in seinen Augen wie zuvor seinen besten Freund an. »Raus hier!«, knurrte er mit lauter Stimme, welche keinen Widerspruch zuließ.

Ohne ein weiteres Wort hörte ich leise Schritte, welche sich langsam entfernten, und kurz darauf konnte ich im Augenwinkel, Fynn und Nadia erkennen, die unsicher den Raum verließen.

Bevor ich jedoch weiter über ihre Gesichtsausdrücke hätte nachdenken können, presste Zyran seine Lippen wieder auf meine und das Feuer in mir fing abermals stark zu lodern an.

Scheiße! Das hier fühlte sich viel zu gut an, als dass es hätte, richtig sein können!

Kapitel 6

- Evelyn -

Weiterhin küsste Zyran mich und umspielte meine Zunge mit seiner. Immer wieder keuchte ich leise in seinen Mund. Dieser Kuss war nicht von dieser Welt und ich fühlte mich nicht mehr dazu in der Lage, ihn zu stoppen. Mit einer schnellen Bewegung und als würde ich nichts wiegen, hob mich Zyran ruckartig hoch. Sofort schlang ich meine Beine um seine Hüften und legte meine Arme um seinen Hals, vergrub dabei jedoch eine Hand in seinem schwarzen Haar.

Fest presste sich seine Erektion an meine Mitte, die sofort zu pochen begann. Ich ließ meine Hände langsam von seinem Nacken zu seiner Brust gleiten und fing an, sein Hemd zu öffnen. Doch nachdem ich den dritten Knopf geöffnet hatte, löste Zyran ruckartig den Kuss auf und setzte mich schnell, aber vorsichtig vor sich ab. Mit rasendem Herzen und leicht geöffneten Lippen sah ich zu ihm auf. Noch immer leuchteten seine Augen in einem grellen Smaragdgrün, allerdings waren die Flammen darin verschwunden. Er musste es geschafft haben, seine Wut etwas unter Kontrolle zu bringen. Sein intensiver Blick begegnete meinem und sofort blieb mir die Luft in meiner Lunge stecken. Er sah einfach nur atemberaubend aus!

»Shit! Ich wollte nicht … über dich herfallen«, murmelte er kaum verständlich vor sich hin. »Ist schon in Ordnung«, versuchte ich ihn zu beruhigen. Schließlich gefiel auch mir dieser wilde Kuss.

Mehrmals schüttelte er den Kopf. »Nein, nein. Du verstehst das nicht.«

Verwirrt runzelte ich die Stirn. »Was meinst du?«

»Ich … sollte gehen. Ich schicke Jade bei dir vorbei.«

Bevor ich ihn hätte aufhalten können, stürmte er mit schnellen Schritten an mir vorbei und aus dem Zimmer.

Moment mal … Zimmer? Bisher war mir noch gar nicht aufgefallen, dass wir uns offenbar in einem Gebäude aufhielten. Wo in Joruns Namen befand ich mich hier und wie lange musste ich weggetreten sein, dass wir uns nicht wie bei meiner Entführung in einem Zeltlager aufhielten?

Da mir noch immer etwas schwummrig war, setzte ich mich auf das Bett und sah mich ein wenig im Raum um. Er war nicht sehr groß und es befanden sich lediglich ein

Bett und zwei kleine Schränke darin. Die Wände waren in einem dunklen Grauton gehalten, während der Boden aus schwarzen Keramikfliesen bestand.

Leise klopfte es an der Tür und kurz darauf trat auch schon Jade zu mir ins Zimmer, in ihrer Hand eine Tasse, in welcher ich den Tee vermutete, den sie mir bringen wollte.

Schweigend kam sie auf mich zu und reichte mir die Tasse, welche ich dankend annahm. Langsam hob ich sie an meine Nase und roch an dem heißen Getränk. Für einen Moment schloss ich die Augen, um den guten Geruch vollkommen auskosten zu können. Er roch nach einer Mischung aus Beeren und frischen Waldkräutern.

»Ich habe einen unserer Heiler gefragt, sie meinte, der Tee hilft dir, wieder zu Kräften zu kommen und lindert deine Hals- und Lungenschmerzen.«

»Danke Jade«, murmelte ich und nahm einen Schluck. Sofort spürte ich, wie die warme Flüssigkeit meinen schmerzenden Hals hinab rann. Ein wohliges Gefühl breitete sich in mir aus. »Wie fühlst du dich? Ich habe gehört, du und Zyran hattet gerade einen sehr intimen Moment.«

Mit roten Wangen sah ich zu ihr. Ein breites Grinsen lag auf ihren Lippen und sofort erblickte ich ihre spitzen

Reißzähne. An diesen Anblick musste ich mich erst noch gewöhnen.

»Bis er mehr oder weniger davon gerannt ist«, brummte ich.

»Zu deinem Schutz. Er meint es nur gut.«

»Was soll das denn heißen?«

»Das soll er dir lieber selbst erzählen.«

Genervt verdrehte ich meine Augen und seufzte laut. »Fängt das schon wieder an.«

»Er ist immer noch mein Herrscher, Evelyn. Auch wenn ich mit ihm befreundet bin, darf ich seine Befehle nicht einfach missachten.«

Niedergeschlagen blickte ich auf meine Tasse hinab. Ich wusste, dass sie recht hatte und dass sie es nicht böse meinte, doch ich dachte, nach allem hätte sich etwas geändert. Anscheinend nicht.

Mit traurigen Augen sah ich wieder zu ihr, als sie mir eine Hand auf mein Knie legte. »Denk nicht schlecht über ihn. Er wird es dir erklären, sobald es dir etwas besser geht und auch einige andere Dinge wird er dir erzählen. Außerdem möchte er anfangen, dich zu trainieren.«

Das machte es nicht unbedingt besser, aber es war schon mal ein Anfang. Eine Frage allerdings huschte mir noch immer durch den Kopf. »Wo sind wir eigentlich?«

»Im Schloss der dunklen Seelen«, antwortete sie mir schlicht.

»Aber – wie ist das möglich?«

Das letzte Mal waren wir beinahe vier Tage unterwegs gewesen, wenn nicht sogar länger, bis wir bei dem Schloss ankamen. Hatte ich so lange geschlafen oder war ich etwa vier Tage nicht bei Bewusstsein?

»Nachdem Fynn dich befreit hatte, bist du ohnmächtig geworden und warst nicht mehr ansprechbar. Du hast am ganzen Leib gezittert und warst vollkommen unterkühlt. Da Zyran eigentlich nicht mehr die Magie dazu hat, sich an einen anderen Ort zu zaubern, hat er unser aller Magie in sich aufgenommen, um euch auf direktem Weg ins Schloss zu einer Heilerin zu bringen. Sie hat dich in eine Art Koma versetzt, um deinen Körper nach schweren Verletzungen absuchen zu können, und heute bist du wieder zu dir gekommen. Fynn, Nadia und ich sind wenige Minuten, bevor du aufgewacht bist, angekommen. Deine beste Freundin, wollte dich nicht allein lassen und ist beinahe die ganzen zweieinhalb Tage stur durchgeritten. Fynn hat sie auf ein Zimmer gebracht, damit sie sich ebenfalls etwas ausruhen kann.«

Mehrmals nickte ich, bis mir eine Sache auffiel. »Was hast du damit gemeint, als du sagtest, Zyran hätte *nicht mehr* die Magie?«

Ihr sonst so freundlicher Gesichtsausdruck fiel für den Moment in sich zusammen. Schnell fing sie sich wieder und räusperte sich. »Das wird dir Zyran mitteilen. D-Das hätte ich dir gar nicht sagen dürfen.« Schnell stand sie neben mir von dem Bett auf. »Ich sehe später noch mal nach dir. Ruh dich aus«, brabbelte sie vor sich hin, bevor sie auch schon mein Zimmer verließ.

Ich stellte den Tee auf einen kleinen Tisch neben dem Bett und ließ mich anschließend schwer atmend in das Bett zurückfallen. Schweigend starrte ich an die Decke. Das war nun schon die zweite Person, die beinahe panisch mein Zimmer verließ. Das musste wirklich aufhören! Dieses ständige Vor-sich-hin-Gemurmel. Dieses Ausweichen, aber vor allem, dieses ständige Aus-dem-Weg-gehen, sobald es in eine private Richtung ging.

Wenn ich wirklich, wie Zyran gesagt hatte, eine Art Dämon war, sollte ich dann nicht mehr über diese Welt erfahren? Bei Jorun, diese Idioten machten mich wirklich verrückt!

KAPITEL 7

- zyran -

Eine halbe Ewigkeit lief ich in meinem Zimmer auf und ab, strich mir dabei immer wieder mit der Hand durch meine Haare. FUCK! Ich hätte beinahe die Kontrolle verloren. Ich wusste ja mittlerweile, dass ein Kuss mit ihr mehr als nur sündig war, doch dass mein Dämonentrieb direkt so reagieren würde … Im ersten Moment war ich nicht mehr dazu in der Lage, mich zu bändigen, verlor jegliche Kontrolle und ich hätte es beinahe zugelassen, als sie anfing, mich auszuziehen. Als sie mich berührte, spürte ich sofort ihren jungen, untrainierten Dämon. Er war stark, stärker als ich dachte und auch sie hatte zum Teil die Kontrolle verloren.

Doch ich war geübt, trainiert und das seit mehr als hundert Jahren, ich hätte mich viel früher zurücknehmen müssen. Evelyn dagegen hatte bis vor Kurzem, nicht einmal den Hauch einer Ahnung, wer sie wirklich war.

Ohne zu klopfen, stürmte Fynn zu mir ins Zimmer; genauso wie ich blieb er wenige Meter vor mir stehen und verschränkte die Arme vor der Brust. Meine Laune war längst im Keller und da ich genau wusste, was Fynn gleich sagen würde, funkelte ich ihn bereits wütend an.

»Sieh mich nicht so an! Diese Ansage hast du dir selbst eingebrockt!«, schnauzte er mich sofort an. Ich knurrte.

»Hast du es noch beendet?«

»Ja.«

»Wie weit seid ihr gegangen?«

»Wir haben uns nur geküsst und waren dabei noch angezogen. Ich habe für den Moment die Kontrolle verloren, das kommt nicht mehr vor.«

Fynn schnaubte. »Wir wissen beide, dass das nicht stimmt. Es wird schlimmer werden und nicht besser!«

Wiederholt fuhr ich mir mit der Hand durch mein Haar. Mir gefiel seine Antwort nicht, auch wenn er leider die Wahrheit sagte.

»Rede mit ihr, Zy. Sie wird es verstehen und nur so könnt ihr beide dem Ganzen entgegen wirken oder es zulassen. Es wäre ihr gegenüber nicht fair. Vor allem nach dem, was sie in den letzten Tagen durchmachen musste. Sie hat die Wahrheit verdient. Die ganze Wahrheit, Zy!«

Niedergeschlagen setzte ich mich auf die Kante meines

Bettes, sah auf den Boden und stützte dabei meinen Kopf mit den Händen ab.

Ich hörte ihn leise näherkommen, bis seine Schuhspitzen in meiner Sichtweite auftauchten. Brüderlich legte er mir die Hand auf die Schulter.

»Dir läuft die Zeit davon, Zyran«, flüsterte er mir zu, bevor er mein Zimmer verließ.

Nachdem ich mehrere Minuten lang versucht hatte, mich etwas zu beruhigen und meine Gedanken zu sortieren, es aber nichts brachte, stand ich entschlossen von meinem Bett auf. Ich brauchte etwas Ablenkung … Ich brauchte Blut!

KAPITEL 8

- EVELYN -

Da ich wusste, dass weder Zyran noch Jade gerade mit mir reden wollten und ich Nadia nicht aufwecken wollte, da auch sie einiges durchmachen musste in den letzten Tagen, hatte ich beschlossen, mich ebenfalls noch einmal hinzulegen. Zuvor hatte ich allerdings meinen Tee ausgetrunken, damit dieser nicht kalt wurde und die Wärme meinen Hals beruhigen konnte.

Da ich noch immer etwas mitgenommen war von den Ereignissen, schlief ich bereits nach wenigen Sekunden ein und fiel in einen unruhigen Schlaf. Immer wieder ertönte Tryas Stimme in meinem Kopf, doch ich gab alles, um diese so gut es ging aus meinem Kopf zu verbannen. Ich wollte nicht wieder wegen dieser Schlange aus meinem Schlaf gerissen werden, ich brauchte diese Erholung.

Sanft kitzelte mich etwas an meiner Wange und lockte mich langsam aus meinem Schlaf. Ich gähnte leise und blinzelte mehrmals, um die Müdigkeit fortzutreiben. Meine leicht verschwommene Sicht klärte sich langsam und ich blickte in ein paar smaragdgrüne Augen. »Zyran«, flüsterte ich. Im Augenwinkel sah ich noch, wie er mir mein Haar aus dem Gesicht gestrichen hatte und seine Hand nun zurückzog.

»Wie fühlst du dich, Kleines?«, fragte er mit sanfter Stimme.

»Besser«, antwortete ich knapp. Denn der Tee zeigte tatsächlich bereits seine Wirkung, mein Körper fühlte sich nicht mehr so kalt und mein Hals sich um einiges besser an.

Erst jetzt fiel mir sein unordentliches Haar auf. Mehrere Strähnen standen in den unterschiedlichsten Richtungen wild ab. Seine Augen sahen etwas trüb aus und sein Blick etwas mitgenommen. Auch seine Kleidung sah leicht zerknittert aus und … verdammt! War das Blut auf seinem Hemd?!

Genaustens konnte ich ein paar rote Spritzer auf seinem blütenweißen Hemd erkennen. Da ich nicht gerade unauffällig darauf starrte, entging Zyran mein Blick natürlich nicht und als er ebenfalls hinabsah und die

Blutflecken erkannte, zog er schweigend seine dunkelgraue Trainingsjacke darüber.

»Hast du Hunger?«, fragte er mich, ohne auf das vermeintliche Blut einzugehen.

Da ich seine Haltung gegenüber privaten Fragen inzwischen kannte und wusste, er würde mir so oder so nichts verraten, fragte ich ihn erst gar nicht danach und nickte stattdessen einfach nur.

»Ich habe dir frische Kleidung mitgebracht. Ich würde es sehr schön finden, wenn du mir beim Abendessen Gesellschaft leisten würdest. Wir sollten uns dringend einmal unterhalten. Ich bin mir sicher, du hast eine Menge Fragen.«

Mit einem angedeuteten Lächeln nickte ich erneut und fügte hinzu: »Ich würde gerne mit dir zu Abend essen.«

Auch auf seinen Lippen erschien sein typisches, charmantes, schiefes Grinsen. Langsam stand er von meinem Bett auf, auf welchem er es sich bequem gemacht hatte, und deutete auf ein Kleid am Ende des Bettes.

»Ich komme dich in zehn Minuten abholen«, sprach er noch, bevor er mein Zimmer auch schon verließ.

Schnell rappelte ich mich von dem Bett auf, zog mir die Hose und das Hemd, welche er mir vor mehreren Tagen geschenkt hatte, aus und bestaunte, nachdem ich es mir angezogen hatte, das wunderschöne Kleid.

Es handelte sich um ein schwarzes Satinkleid, welches sich locker an meinen Körper schmiegte und meine Kurven betonte. Das Kleid wurde lediglich von hauchdünnen Trägern gehalten, während mein Rücken komplett freigelegt war und der Stoff erst knapp über meinem Steißbein begann. Es reichte bis auf den Boden und besaß eine kleine Schleppe. Würde ich mir nach den letzten Tagen nicht wie eine lebendige Leiche vorkommen, könnte ich mich in diesem Kleid glatt wie eine Königin fühlen.

Da mein Haar sicherlich einem Vogelnest glich und in alle Richtungen abstand, kämmte ich es mit meinen Fingern ein wenig zurecht. *Ich musste Zyran definitiv nach dem Badezimmer fragen!*

Da ich, seit ich wachgeworden war, keine Schuhe mehr trug, sah ich mich in dem Raum noch nach welchen um. Schnell wurde ich auf der anderen Seite meines Bettes fündig. Auch wenn es sich dabei um meine braunen Stiefel handelte. Allerdings sah man diese unter dem langen Kleid nicht und es war besser, als barfuß durch ein riesiges Schloss zu wandern.

Nachdem ich mich etwas zurechtgemacht hatte, setzte ich mich wieder auf den Rand des Bettes und fing an nervös meine Finger zu kneten. Auch wenn ich schon die gesamte Zeit darauf gewartet hatte, dass Zyran endlich anfing mit mir zu reden, wusste ich nicht genau, was mich erwartete.

Ein Hauch von Angst breitete sich in mir aus, allerdings versuchte ich, diese sofort wieder zu verdrängen. Sie half mir im Moment nichts und schlimmer als die letzten Tage konnte es auch nicht werden! Die Nervosität jedoch würde ich so schnell nicht loswerden. Ob Zyran dieses Mal Klartext mit mir reden würde, oder ob er wieder anfangen würde, in Rätseln zu sprechen? Ich brauchte endlich ein paar Antworten. *Bei Jorun, ich hoffte einfach, dass er endlich etwas Klarheit in mein Leben brachte!*

Ruckartig erhob ich mich von dem Bett, als es an der Tür klopfte und kurz darauf Zyran auch schon zu mir ins Zimmer kam. Also dann, los geht's!

KAPITEL 9

- EVELYN -

Nachdem ich Zyran nach dem Badezimmer gefragt hatte, um dort noch schnell meine Haare zu kämmen und mir provisorisch das Gesicht zu waschen, machten wir uns zusammen auf den Weg zum Speisesaal. Mittlerweile saßen wir an einem riesigen Esstisch, an dem mindestens zwölf Personen Platz nehmen konnten.

Der Speisesaal war gigantisch. Die Wände waren in einem Weinrot gestrichen und an den Kanten wie auch um die Fenster enthielten sie altmodische Muster in Schwarz. Es war wunderschön! Die Fenster befanden sich nur auf der vom Eingangsbereich aus rechten Seite und somit auch mir gegenüber.

Sie waren ziemlich groß und die Aussicht war gigantisch. Die Nacht war bereits angebrochen und ich konnte der Sonne beim Untergehen zusehen. Wir befanden uns ziemlich weit oben, weshalb ich auf den Wald hinabblicken konnte.

Der Tisch war aus einem dunklen Holz, genauso wie die Stühle. Während diese ein blutrotes Polster hatten, war auf dem Tisch eine dünne Tischdecke in der gleichen Farbe, welche jedoch nur den mittleren Bereich des Tisches bedeckte. Darauf standen genau drei Blumenvasen mit wunderschönen schwarzen Rosen. Ein Strauß befand sich direkt in der Mitte des Tisches, ein anderer am Anfang und der letzte war bei uns.

Rechts von mir am Tischende hatte es sich Zyran bequem gemacht und deutete einem jungen Mann mit dem Finger an, uns das Essen zu bringen.

Zyran hatte sich fürs Abendessen ebenfalls umgezogen und trug nun einen maßgeschneiderten schwarzen Anzug. Er sah elegant und machtvoll zugleich darin aus, wären da nicht seine noch immer unordentlichen Haare.

»Kommen die anderen auch?«, fragte ich in die Stille.

Zyran sah zu mir. »Nein. Nadia schläft noch, Fynn wird auf sie warten und Jade … isst nicht.«

Auch wenn ich wusste, dass sie ein Dämon war, war ich etwas schockiert. »Sie isst nicht? Niemals? Gar nichts?«

»Nun … doch. Nur isst sie kein menschliches Essen.«

»Was dann?«

»Evelyn, ich weiß nicht ob –«

»Du wolltest reden. Wenn diese Unterhaltung nun schon so beginnt, kannst du auch gerne allein speisen.«

Zyran seufzte und fuhr sich nervös mit der Hand über den Nacken. »Sie ernährt sich ausschließlich von Blut.«

»Oh«, war das einzige Wort, welches ich herausbekam. Verdammt! Ich hatte diese Dämonenscheiße schon wieder vergessen! *Du bist so ein Idiot, Evelyn! Das hast du im Kloster gelernt und als Zyran noch ein Fremder für dich war, hast du sogar mit Nadia darüber gesprochen!*

»Du musst keine Angst haben, sie würde dir nie etwas zu leide tun!«, versuchte er mich zu beruhigen.

Hatte er wieder meine Gedanken gelesen? Vermutlich nicht, sonst würde er mich gerade nicht so besorgt ansehen.

»Ich habe keine Angst. Ich hatte nur vergessen, dass Dämonen so etwas tun. Es tut mir leid, ich wollte nicht respektlos sein«, murmelte ich.

Ob ihm, oder Jade so ein Gespräch unangenehm war? Keine Ahnung, aber eine Entschuldigung war nie falsch, oder?

Leise hörte ich Zyran lachen.

Vollkommen verwirrt starrte ich ihn an. Habe ich etwas verpasst? Wieso lachte er denn plötzlich?

»Mir unangenehm? Evelyn, du bist nicht diejenige, die Blut trinkt. Du hast nichts falsch gemacht, du kannst mich jederzeit alles fragen! Ich möchte dir nichts verheimlichen, aber du musst Geduld mit mir haben. Reden gehört nicht gerade zu meinen Stärken.«

Nun musste auch ich schmunzeln. »Was sind denn dann deine Stärken?«

»Kämpfen, Regieren und etwas, worin du möglicherweise irgendwann in den Genuss kommen wirst«, seine Stimme wurde bei jedem Wort dunkler und rauer.

Röte schoss mir in die Wangen und ich musste schwer schlucken. Unruhig rutschte ich auf meinem Stuhl hin und her. Obwohl ich eine Ahnung davon hatte, was er meinte, fragte ich dümmlich: »Wovon sprichst du?«

Mit einem breiter werdenden, schiefen Grinsen beugte Zyran sich weiter zu mir nach vorne. Sein Gesicht war meinem nun so nah, dass ich seinen heißen Atem auf meinem Gesicht spüren konnte. Mein Herz schlug dabei wie wild.

»So rot wie deine Wangen gerade sind und so laut und schnell, wie ich dein Herz schlagen höre, bin ich mir ziemlich sicher, dass du weißt, wovon ich spreche«, flüsterte er dicht vor meine Lippen.

Ich brachte keine Silbe mehr heraus. *Shit.*

»Weißt du wirklich nicht, wovon ich spreche, Evelyn?«, fragte er und verschaffte mir eine Gänsehaut.

Schwer atmend schüttelte ich meinen Kopf.

»Ich spreche vom Ficken, Kleines, und glaube mir, du würdest es lieben.«

»Du klingst sehr von dir selbst überzeugt«, gab ich flüsternd zurück.

Rau kicherte er. »Ich kann es dir gern beweisen, dann weißt du, dass ich es sein kann.«

Verfluchte Scheiße! Wie kann man so arrogant und selbstsicher zugleich sein?! Eingebildeter Idiot.

»Das Fluchen sollten wir wirklich noch üben«, sagte er plötzlich und lehnte sich wieder in seinem Stuhl zurück.

Ich schnaubte. »Hör auf, ständig meine Gedanken zu lesen.«

»Dann hör du auf, mich andauernd als eingebildet, Arschloch oder Idiot zu bezeichnen«, gab er zurück.

Genervt knurrte ich. Als Zyran zu mir sah mit diesem Funkeln in den Augen, wusste ich, wie viel Spaß er dabei hatte. Seine aufdringliche, nervige Art konnte wirklich anstrengend sein. Doch dieses Funkeln hatte er bereits bei unseren ersten Begegnungen in seinen Augen. Offensichtlich liebte er es wirklich, mich zu ärgern. *Verdammter Mistkerl!*

Erneut sah er mich mit einem schiefen Grinsen im Gesicht an. Er hatte wieder meine Gedanken gelesen und meinen Fluch auf ihn gehört. Bei Jorun, er konnte einen wirklich zur Weißglut treiben!

Als der junge Mann von vorhin wieder mit zwei Tellern auftauchte, wurde Zyran plötzlich vollkommen ernst. Ich wusste, was das zu bedeuten hatte. Gleich würde ich endlich mehr über mich erfahren.

Der Mann stellte die Teller vor uns ab. Auf diesen befanden sich gebratene Kartoffeln, zwei Steaks, etwas Soße und gemischtes, gebratenes Gemüse. Das sah wirklich köstlich aus.

Sobald der Fremde den Raum verließ, nahm ich genauso wie Zyran, Messer und Gabel in die Hand und begann, mein Fleisch zu schneiden.

»Wir sollten reden«, begann Zyran, nachdem er sich ein weiteres Stück Karotte in den Mund geschoben hatte.

Ich nickte zustimmend. »Das sollten wir wohl.«

KAPITEL 10

- Zyran -

Eine halbe Ewigkeit überlegte ich, wie ich dieses Gespräch beginnen konnte. Nichts schien harmlos genug zu sein, egal wie ich anfangen würde, Evelyn würde vermutlich keine Ahnung haben. Über nichts. Mehrmals nahm ich einen Bissen von meinem Essen, welches mich nicht unbedingt sättigte. Schließlich war Blut auch meine Hauptnahrungsquelle, doch im Gegensatz zu Jade war ich zumindest dazu in der Lage, menschliches Essen zu mir nehmen zu können.

Evelyn schien mein Unbehagen zu bemerken, denn nachdem sie mich wenige Sekunden beobachtet hatte, räusperte sie sich und ergriff selbst das Wort. »Wie wäre es, wenn wir damit anfangen, wieso Jade nichts Normales essen kann, Fynn und du jedoch schon.«

Ich nickte und sah ihr dabei zu, wie sie sich anschließend ein Stück Kartoffel zwischen die Lippen schob. Zumindest dies war etwas *Normales,* was ich ihr erzählen konnte und ein gar kein so schlechter Anfang.

Während Evelyn also beinahe gelassen (wäre da nicht ihr verräterischer Herzschlag, den ich laut und deutlich hören konnte) ihr Essen weiter aß, begann ich zu erzählen: »Jade ist ein in der Hölle geborenes Wesen. Dämonen sind vom Teufel erschaffene Wesen. Du kannst sie dir vorstellen, wie Hexen, die von den Engeln erschaffen wurden. Jade, wurde durch Mord und Blut geboren und so muss sie auch leben. Normale Nahrung ist für Dämonen nicht tödlich. Auch hier kannst du es dir in etwa vorstellen, wie es für dich wäre, wenn du Blut trinken müsstest, so in etwa ist es für sie.«

Evelyn nickte verständnisvoll, sagte jedoch nichts und wartete auf meine weiteren Worte. »Ich bin der Sohn von Lucifer.«

Laut hörte ich Evelyn Luft holen. Innerlich verpasste ich mir gerade eine Ohrfeige. *Fuck! Ich hatte ganz vergessen, dass ich ihr dies noch gar nicht gebeichtet hatte! Ich Idiot!*

Ich überlegte schon, ob ich mich bei ihr dafür entschuldigen sollte oder mich zumindest etwas rechtfertigen, entschied mich jedoch dagegen und sprach einfach weiter. »Mein Vater war, bevor er in der Hölle landete, ein Engel. Das weißt du sicher, schließlich sind einige Bücher voll davon. Da mein Vater vor seinem Leben in der Hölle den Menschen ziemlich ähnlich war, war auch er in der Lage, normales Essen zu sich zu nehmen. Ich allerdings bin im Chaos geboren worden und meine Mutter war eine Ausgeburt der Hölle, somit bin auch ich zum größten Teil ein Dämon. Ich kann normale Nahrung zu mir nehmen, werde durch sie aber nicht satt. Fynn hingegen war früher ein Mensch, oder wie wir sie nennen, ein Nichtmagier, und wurde nur verwandelt. Er kann sich von normaler Nahrung, von Blut, wie auch von Leichen der Dämonen ernähren. Tote Dämonen verspeist er allerdings nur in seiner Monstergestalt.«

Es dauerte einen Moment, bis sie sich von meinen Worten losreißen konnte. Und es dauerte eine weitere halbe Minute, bis sie meine Worte verarbeitet hatte und anschließend langsam nickte.

Und auch wenn sie ihr Gesicht nicht verzog und ich ihre Gedanken nicht las, konnte ich ihr die Verwirrung ansehen.

»Du sprichst die ganze Zeit davon, dass Fynn ein Nichtmagier war«, murmelte sie vor sich hin. Nun war ich derjenige, der nickte.

»Gibt es so etwas überhaupt?«

Tausende Fragezeichen tauchten vor mir auf. Hat sie das gerade wirklich gefragt?

»Du – was?«, fragte ich vollkommen irritiert. Während sie mich ansah, bemerkte ich, wie sich ihre Wangen rot färbten. War ihr die Frage unangenehm?

»I-Ich habe noch nie Wesen gesehen, die keine Magie besitzen, oder andere Merkmale«, murmelte sie peinlich berührt.

Wieder einmal schüttelte ich über mich selbst den Kopf. Wie sollte sie auch. Auf der Insel hier, gab es nur mein Schloss, das Kloster und zwei Dörfer, in welchen ausschließlich Hexen lebten. Das Dorf, in dem sie mehr oder weniger aufwuchs – wobei sie sich an diesen Ort wohl kaum noch erinnern wird – und das Dorf, welches sie heimlich besuchte, auch dieses war voller Hexen. Sie war noch klein und jung, als sie in dieses *Gefängnis* gebracht wurde. Sie hatte noch nie die Welt außerhalb des Klosters und der Insel gesehen!

So viele Hexen mussten solch ein Chaos erleben und dann wurden sie einfach rausgeschmissen und sollten sich dort draußen allein zurechtfinden.

Wie oft hatte ich schon mitbekommen, dass Nichtmagier Hexen umgebracht hatten, weil die Hexen nicht wussten, dass sie für die Menschen Monster waren.

Mit einem liebevollen Gesichtsausdruck sah ich zu ihr.

»Ja, meine Liebe, es gibt auch Wesen, die weder das eine noch das andere besitzen. Doch wenn du über die

Nichtmagier etwas erfahren willst, solltest du dich lieber einmal mit Fynn darüber unterhalten, er kann dir all deine Fragen beantworten.«

Neugierig nickte sie, was mich lächeln ließ.

Tief atmete ich aus, da nun kein Weg mehr an den »unangenehmeren« Unterhaltungen vorbeiführte. »Dann kommen wir jetzt zu dir.«

»Zu mir«, flüsterte sie und legte das Besteck zur Seite.

»Fangen wir doch mit deiner Magie an, ja?«

KAPITEL 11

- NADIA -

Verdammt war das ein erholsamer Schlaf! Müde streckte ich mich in diesem göttlichen Bett. Es war weich, warm und riesig. Es fühlte sich an, als bestünden die Decke und die Kissen aus Federn und ich war mir ziemlich sicher, dass genau diese darin waren. Die Matratze war nicht wie die im Kloster aus Stroh und Wolle. Doch ich konnte nicht sagen, welch weiches Material sich unter mir befand. Alles war in teure purpurfarbene Seide gewickelt. Scheiße, nie wieder werde ich freiwillig in eines der Betten aus dem Kloster liegen!

Erst nachdem ich mich ausgiebig gestreckt hatte, öffnete ich langsam meine Augen und sah mich in dem Raum um. Als ich aus dem Fenster blickte, musste ich feststellen, dass es mittlerweile schon dunkel war. *Mist, wie lange hatte ich geschlafen?!* Bis zum Sonnenuntergang wollte ich längst mit Evelyn verschwunden sein. Hatten diese Monster mir etwa was in meinen Drink getan? Nein, oder? Ruckartig richtete ich mich auf. Das alles war falsch! Egal, wie verdammt weich dieses Bett war. Ich musste mit Evelyn hier weg.

Diese Leute waren Dämonen und wer weiß, ob sie ihr die Wahrheit gesagt haben, als sie behauptet hatten, sie sei ebenfalls einer.

Vielleicht hatten sie sie doch manipuliert und ihr nur Lügen in den Kopf gepflanzt! Schnell rappelte ich mich vom Bett auf, zog mir meine Schuhe an und stürmte auf die Tür zu. Gerade hatte ich sie geöffnet, stand Jade auch schon mit ernstem Gesichtsausdruck vor mir.

»Nicht so stürmisch, Nadia«, hauchte sie mir mit dämonischer Stimme entgegen.

Wütend kniff ich die Augen zusammen. *Was soll der Mist?*

»Wo ist Evelyn? Ich möchte zu ihr.«

»Ts ts ts«, kam es kopfschüttelnd von ihr. »Evelyn hat im Moment keine Zeit für dich.«

Entsetzt blickte ich die jung wirkende Frau vor mir an. »Wie bitte? Evelyn würde mich nie, nicht bei sich haben wollen. Wo ist sie?«

»Wieso möchtest du so dringend zu ihr?«, stellte sie mir eine Gegenfrage. *Miese Schlange.*

»Sie ist meine beste Freundin und wäre beinahe gestorben, ich möchte mich nach ihrem Wohlbefinden erkundigen.«

Jade schnaubte. »Lügnerin.«

»Wie bitte?«, schrie ich sie an.

»Du bist eine Lügnerin«, wiederholte Jade nur ihre Worte.

»Selbst wenn, ich muss mich vor dir nicht rechtfertigen!«

Sie schmunzelte. »Nein … das musst du nicht«, hauchte sie und drängte mich langsam, ohne mich zu berühren, wieder zurück in das Zimmer. »Allerdings weiß ich von deinem Vorhaben und das kann ich leider nicht zulassen.«

Die Wut in mir stieg ins Unermessliche. »Drohst du mir gerade?«, fragte ich giftig.

»Zyran hat jeden deiner Gedanken gehört und leider muss ich dir mitteilen, dass du Evelyn nicht einfach so mitnehmen kannst. Nicht bevor sie mit ihm über alles gesprochen hat und sie die Wahrheit kennt.«

»Welche Wahrheit?«, fragte ich sie.

»Die Wahrheit über ihre Identität, über ihr Leben. Sie sollte wissen, wer sie ist, und nicht mal du kannst ihr das vorenthalten. Sie hat die Wahrheit verdient. Wenn sie dann mit dir mitgehen möchte, wird sie keiner daran hindern. Sollte sie jedoch bleiben wollen und du möchtest sie dennoch von hier wegbringen, dann werde ich anfangen, dir wirklich zu drohen.« Ihre Stimme war rau und dunkel. Nicht mehr Jade hatte hier mit mir gesprochen, sondern ihr Dämon und jeder wusste, einen Dämon sollte man nicht verärgern. Deshalb schwieg ich und sagte kein Wort mehr.

»Leg dich wieder hin und ruh dich noch etwas aus. Fynn wird dich später abholen und etwas mit dir essen«, meinte sie und ihre Stimme klang wieder so sanft und wie sie selbst.

»In Ordnung«, gab ich mit einem leisen Murmeln nach und ging zurück zum Bett, streifte meine Schuhe ab und legte mich wieder hinein.

Sobald ich in dem Bett lag, lief Jade auch schon wieder aus dem Zimmer und ließ mich allein. Und obwohl ich sie nicht hören konnte, wusste ich, dass sie direkt vor meiner Tür blieb.

KAPITEL 12

- EVELYN -

Mir blieb der Mund offenstehen. Das Stück Karotte, welches ich mir gerade noch in den Mund geschoben hatte, fiel wieder auf meinen Teller. Ich wusste nicht, wie ich reagieren sollte, aber vor allem wusste ich keine bessere Reaktion als diese. Als hätte ich einen Geist gesehen, starrte ich Zyran an, welcher vollkommen ernst blieb. Kein nerviges schiefes Grinsen, kein Leuchten in den Augen. Bei Jorun, wie sehr ich mir diese Reaktionen gerade herbeiwünschte.

»Du meinst das ernst«, stellte ich krächzend fest. »Die Göttin Jorun … ich habe meine Magie nicht einfach nur von ihr?«

Er schüttelte den Kopf.

»Jorun ist meine Mutter?«, fragte ich mit quietschender Stimme.

»Jorun ist deine Mutter«, bestätigte Zyran mir ein weiters Mal.

Schockiert fing ich an zu lachen. »Du nimmst mich doch auf den Arm.«

Wieder ein Kopfschütteln.

Mein Gesicht fiel in sich zusammen. Die Gefühle gingen gerade wirklich mit mir durch. Ich wusste nicht, welche Reaktion noch angebracht war.

Panisch hob ich meine Hände. »Okay. Okay. Noch mal von vorne. Jorun war bereits mit mir schwanger, als sie auf Lucifer traf. Dein Vater hatte Jahre zuvor deine Mutter verloren und verliebte sich dann in meine M-Mu … in Jorun. Kurz nach meiner Geburt verschwand sie und wurde dann ebenfalls tot aufgefunden?«

»So in etwa, ja. Das ist nur die Kurzfassung der Geschichte«, murmelte Zyran.

»Und wie ist die ganze Geschichte?«

»Das ist für heute unwichtig. Ich erzähle es dir ein andermal, wenn du diese Infos ein wenig verarbeitet hast.«

Ich verdrehte meine Augen. *Von wegen, er erzählt mir alles, was ich wissen wollte.*

»Mein Vater hat etwa fünf Jahre mit Jorun verbracht und auch ich lernte sie in diesen Jahren kennen. Ich weiß einiges über sie und ihre Magie und ich möchte dir helfen, sie zu nutzen und zu kontrollieren. Genauso möchte ich dich mit deinem Dämon bekannt machen. Er besitzt ein reifes Alter, ist jedoch wild und unerzogen.«

»Mein Dämon?«, fragte ich mehr als dämlich.

»Ja. Als wir uns geküsst haben, oder besser gesagt, als du deine Hand an meine Wange gelegt hattest, habe ich ihn gespürt. Er ist ziemlich stark und sollte er aus dir herausbrechen, ohne dass du vorbereitet bist, kann er dich trotz deiner göttlichen Macht umbringen, da du keines von beidem beherrschst.«

Diese Worte schmeckten wirklich bitter. Ich fühlte mich wie ein kleines Kind. Hörte die Stimmen der Schwestern, welche mir sagten, dass ich ein hoffnungsloser Fall sei und ich einfach keine Magie besaß. Hörte Schwester Klayra, welche mich beschimpfte, dass ich mir einfach einmal Mühe geben sollte. Den Tod hatte sie nicht verdient, doch es fühlte sich verdammt gut an!

»Lass mich dir morgen früh ein paar Dinge zeigen. Ich werde sofort aufhören, solltest du dich unwohl fühlen. Nur lass mich dir beweisen, dass ich dir wirklich helfen möchte!«

Auch wenn ich nicht genau wusste, was ich von den wenigen Details über mein Leben halten sollte, stimmte ich dem Training, oder was auch immer er morgen geplant hatte, zu.

Als meine Gedanken zu Klayra gewandert waren, fiel mir noch eine weitere Sache ein. Trya. Was war mit ihr geschehen, nachdem mich die beiden Männer aus dem Kloster geholt hatten?

»Was ist mit den Hexen passiert, die bei mir in dem Keller waren?«, fragte ich ihn und sah die Antwort sofort in seinen Augen.

»Du solltest zurück ins Bett gehen. Du bist noch immer nicht so fit, dass du zu lange auf den Beinen sein solltest. Ich bring dich zurück«, lenkte Zyran vom Thema ab.

»Ihr habt sie umgebracht, oder?«

Er seufzte. »Sie waren an ihrem Tod nicht unschuldig. Sobald wir den Keller betreten hatten, sind sie mitsamt ihrer Magie auf uns losgegangen. Sowohl Fynn als auch ich, haben ein paar Kratzer abbekommen.«

»Wie viele waren es?«, meine Stimme nicht mehr als ein Flüstern.

»Acht«, gab er knapp zurück.

»Und was ist mit Trya geschehen?«

»Welche Hexe war das?«

»Sie müsste neben mir gestanden haben, sie befahl den anderen m-mich zu … foltern.«

Dunkle Züge schlichen sich auf sein Gesicht und sein gesamter Körper spannte sich an. »Diese Schlampe von Hexe ist uns entkommen.«

Meine Augen wurden groß. »Entkommen?«

Er nickte und ich sah es ihm an, dass es ihn wütend machte. »Wir sind knapp aus dem Kloster rausgekommen, als sie Alarm geschlagen hatte. Du warst in schlechtem Zustand, also ließ ich Fynn mit Nadia und Jade zurück, sie haben mir erzählt, dass sie die Hexen auf eine falsche Fährte locken konnten, doch es wird nicht lange dauern, bis sie zum Schloss kommen werden, schließlich hat dich diese Trya auch dort aufgespürt, habe ich recht?«

Mit einem mulmigen Gefühl nickte ich ihm zu. »Du musst keine Angst haben, hier bist du sicher und ich werde auf dich achten. Sollte diese Schlampe sich auch nur in deine Nähe trauen, werde ich sie in Stücke reißen!«, knurrte er mit dämonischer Stimme.

»Aber jetzt solltest du wirklich wieder zu Bett gehen. Wir werden morgen weiterreden«, sprach er mit führsorglicher Stimme.

Dieses Mal sagte ich nichts mehr und gab nach. Nachdem ich mir noch eine Tasse Tee eingeschenkt hatte, welche ich mit nahm, liefen wir auch schon zurück durch die Gänge. Nun jedoch führte mich Zyran in ein anderes Zimmer. Es war größer und es sah nicht einmal annähernd so aus, wie das vorherige. Das Bett war doppelt so groß und die Möbel sahen um einiges eleganter aus.

»Das ist eines meiner Gästezimmer, das ist gemütlicher als unser Krankenzimmer. Fühl dich hier und im gesamten Schloss wie zu Hause. Doch ich empfehle dir, dich noch etwas auszuruhen.« Vor dem Bett blieben wir stehen. Bevor ich verstand, was Zyran vorhatte, beugte er sich zu mir hinab und hauchte mir einen Kuss auf die Schläfe. »Gute Nacht, Evelyn.«

Kaum, dass ich mich in seine Richtung gedreht hatte, war Zyran bereits aus dem Zimmer verschwunden. Neugierig sah ich zu der Tür. So gerne ich jedoch das Schloss erkunden wollte, so müde und durcheinander war ich auch. Ausnahmsweise gab ich Zyran recht, Schlaf war im Moment das Beste für mich. Ich zog mir also die Schuhe und das Kleid aus und legte mich, nur im Unterkleid, in das verdammt gemütliche Bett. Ich fühlte mich, als würde ich auf Wolken schweben und obwohl meine Gedanken noch immer kreisten, schlief ich schnell ein.

KAPITEL 13

- C -

Obwohl es vollkommen dunkel war, konnte ich ihr weißes Haar genau erkennen. Das war sie also … die Auserwählte. Ich schnaubte. Das ist doch wohl ein Witz?! Sie war ein Kind, ahnungslos, unerfahren und in einem so tiefen Schlaf, dass sie mich nicht bemerkte. Ich hörte ihren Dämon knurren, er versuchte, sie vor der unmittelbaren Gefahr neben sich zu warnen, doch sie hörte ihn nicht. Dieses Ding hörte ihren eigenen Dämon nicht! Beleidigt über das Schicksal schüttelte ich den Kopf. Wusste sie überhaupt darüber Bescheid?

Vorsichtig nahm ich eine Strähne ihres weißen Haares zwischen meine Finger. Es war glatt, weich und sah, genau wie sie, leicht zerbrechlich aus. Langsam beugte ich mich zu ihr hinab, schloss für einen Moment die Augen, als ich an ihrem Haar roch. *Einzigartig!*

Mein Dämon schnurrte. Noch nie war mein Dämon so ruhig und verdammt, das ließ meinen Ärger nur noch weiter ansteigen.

Ich könnte diesem kleinen Ding so einfach das Genick brechen, sodass sie tot wäre, noch bevor sie es überhaupt bemerken würde.

Ob sie wohl von ihrem Schicksal wusste? Ob sie wusste, wer sie war? So wie ich Zyran kannte, nicht. Ich würde meinen größten Besitz darauf verwetten, dass sie keine Ahnung hatte. Sie würde sterben, genauso wie es ihre Mutter tat und die ganzen anderen Frauen.

Zyran ließ sie direkt ins offene Messer laufen. Er half ihr nicht, damit sie ihrem Schicksal entkommen konnte, er sah ihr einfach nur zu!

Er war genauso wie Lucifer. Ein Monster ohne Gewissen und ohne Herz!

Langsam ließ ich ihre Haarsträhne los und starrte auf dieses ahnungslose Ding. Noch immer schlief sie tief und fest, obwohl ihr Dämon immer lauter wurde.

O du arme, traurige Seele!

Plötzlich verzog sie ihr Gesicht, sah aus, als würde etwas ihren Schlaf stören. Zuerst dachte ich, sie hatte nun endlich ihren Dämon gehört, doch bereits nach wenigen Sekunden wusste ich, es war nicht ihr Dämon, welcher ihr den Schlaf raubte, sondern ein Albtraum.

»Hört auf … Ich kann mehr«, hörte ich sie leise vor sich hinmurmeln. Immer wieder verzog sie das Gesicht und kam dem Erwachen stetig näher.

Schnell drehte ich mich also um und verließ auf leisen Sohlen ihr Zimmer. Mit selbstsicheren Schritten, eiserner Miene und leichtem Hüftschwung lief ich die Gänge entlang. Mein Dämon knurrte genervt, als mir Fynn über den Weg lief. »Was machst du denn hier?«

»Ich vertrete mir die Beine, ist das denn verboten?«, fuhr ich ihn an.

Genervt rollte er mit den Augen. »Du hast manchmal Launen! Ich habe Nadia zurück in ihr Zimmer gebracht, du bist also wieder dran.«

»Ja, ja.«

»Angenehme Nacht, Jade.«

»Dir auch Fynn«, gab ich brummend zurück und stürmte dann weiter durch die Gänge und hinaus aus dem Schloss.

KaPITEL 14

- EVELYN -

Schweißgebadet wachte ich durch einen Albtraum auf und richtete mich im Bett auf. Mit dem Handrücken wischte ich mir über die feuchte Stirn und blickte mit müden Augen in den dunklen Raum. Da ich die Gardinen nicht zugezogen hatte, konnte ich direkt aus dem Fenster sehen. Der Mond war bereits wieder am Untergehen, es würde also nicht mehr lange bis zum Sonnenaufgang dauern.

Träge zog ich mir die Decke bis zum Hals und lehnte mich an das Kopfende des Bettes. Als ich allerdings meine Augen schloss, sah ich sofort wieder die fürchterlichen Bilder meines Albtraumes. Also riss ich sie wieder auf und sah mich mit einer Gänsehaut am Körper im Zimmer um. Auch wenn ich es nicht zugeben wollte, ging mir die Nachricht, dass Trya noch auf freiem Fuß war, näher als gedacht. Ich hatte davon geträumt, dass sie mich erneut gefunden hatte, mitnahm und folterte. Sie hatte mich wieder unter Wasser gedrückt, holte mich dieses Mal jedoch nicht mehr hoch. Ich war kurz davor zu sterben, wachte dann allerdings auf.

Da ich mir ziemlich sicher war, so schnell keinen Schlaf mehr zu finden, beschloss ich, das Badezimmer aufzusuchen.

Ich schlüpfte also aus dem Bett und zog mir meine Schuhe an. Bereits vor dem Schlafengehen hatte ich links von mir eine Tür gesehen. Möglicherweise handelte es sich dabei um ein angrenzendes Badezimmer. Dann musste ich auch nicht durch den kalten Schlosskorridor schleichen, um zu dem Badezimmer zu gelangen, welches mir Zyran vorhin gezeigt hatte.

Ich ging langsam auf die Tür zu und öffnete sie leise. Vorsichtig sah ich mich in dem düsteren Raum um, aus Sorge, dass es sich dabei auch um ein anderes Schlafzimmer handeln könnte.

Ich atmete erleichtert aus, als ich die Umrisse einer Toilette und eines Waschbeckens erkennen konnte. Erneut atmete ich aus, als ich den Kronleuchter an der Decke erkannte. Natürlich brannten die Kerzen nicht. Da ich nicht wusste, wie Zyran die Lichter immer entzündete, musste ich es wohl selbst erledigen. *O man, das kann ja was werden.*

Ich verzog meine Augen zu zwei Schlitzen und konzentrierte mich auf eine der Kerzen. Fest presste ich meine Hände zu Fäusten zusammen.

Na, komm schon. Los, mach schon Evelyn, du schaffst das! Nach nur wenigen Sekunden spürte ich schon die aufkommenden Kopfschmerzen. Während mein Kopf immer schwerer wurde, weigerte sich meine Magie, die Kerze zu entzünden.

Ich war kurz davor aufzugeben, als ich endlich einen kleinen Funken erschuf und eine der Kerzen langsam anfing zu brennen.

Mein Kopf schmerzte und auch wenn der Raum noch immer beinahe dunkel war, schaffte ich es nicht, noch eine weitere Kerze anzuzünden. Leider kam ich auch nicht an den Leuchter ran, da die Decke mindestens zweieinhalb Meter hoch war. Also beschloss ich einfach, in dem halbdunklen Raum auf die Toilette zu gehen, um meine Blase zu erleichtern. Gerade als ich mich auf die Toilette setzen wollte, fiel mir auf, dass sich hier keine Dusche, sondern eine riesige Badewanne befand. *Bei Jorun, ich war noch nie in einer Badewanne!*

Sie bestand aus sündhaft teurem Marmor. Sie sah aus wie ein riesiges schwarzgraues Rechteck und es hatten mindestens zwei Leute darin Platz. Da ich glaubte, dass mir etwas Entspannung guttun könnte, öffnete ich den Wasserhahn, um ein kleines Bad zu nehmen.

Schnell entledigte ich mich meiner Kleidung und bereitete mich auf das kalte Wasser vor und kreischte beinahe erschrocken auf, als eine warme Quelle meinen Fuß berührte. Er besaß warmes Wasser aus dem Hahn? Bei Jorun, ich wusste nicht, dass so etwas überhaupt möglich war!

Länger als ich mir eigentlich vorgenommen hatte, lag ich in der einnehmenden Wärme. Nachdem ich mich endlich von dem entspannten Bad lösen konnte, wickelte ich mich in ein Leinentuch ein, welches zusammengefaltet neben dem Waschbecken auf einer Kommode lag.

Anschließend fing ich an, meine Zähne zu putzen und mein platinblondes Haar zu kämmen. Mit verwirrtem Gesichtsausdruck beugte ich mich weiter nach vorne in Richtung des Spiegels, welcher sich über dem Waschbecken befand. Obwohl die Kerze noch immer kaum Licht spendete, konnte ich mein Haar dennoch sehr gut erkennen. *Bilde ich mir das nur ein, oder ist mein Haar noch weißer geworden?*

Auch wenn wir in dem Kloster keine Spiegel besessen hatten, war mein Haar dennoch so lang, dass ich es auch ohne Spiegel sehen konnte und ich hätte schwören können, dass es bisher immer einen Blondstich besessen hatte. Doch nun? Als ich mein Haar weiterhin betrachtete, war ich mir beinahe sicher, dass es sich verändert hatte. Es war definitiv weißer geworden!

Doch wie ist so etwas möglich und vor allem ... Wieso ist das passiert? Oder bildete ich mir das alles wegen des Schlafmangels und der schlechten Lichtquelle nur ein?

KAPITEL 15

- EVELYN -

»Das soll ich anziehen?«, fragte ich Jade skeptisch und betrachtete die Kleidung, welche sie mir gebracht hatte. Erneut nickte sie und drückte mir den Zweiteiler in die Hände. Widerwillig lief ich wieder in das Badezimmer, in welchem ich auch heute Morgen war.

Mit einem komischen Gefühl zog ich mir eine hautenge schwarze Lederhose an. Dazu ein dunkelgraues Hemd, über welches ich ein schwarzes Lederkorsett zog, das mich vor Waffenangriffen schützen soll. Zumindest ging ich davon aus, da unsere Trainingskleidung im Kloster, aus beinahe dem gleichen Material bestand. Ich schluckte schwer, je länger ich darüber nachdachte. Wieso musste ich das anziehen? Schnell zog ich mir wieder meine braunen Stiefel an und trat anschließend zu Jade ins Zimmer.

»Heiß«, kommentierte sie mit einem breiten Grinsen und sah meine Trainingskleidung von oben bis unten an.

Ich verdrehte die Augen. »Ich will trainieren, nicht heiß aussehen«, warf ich ihr schroff entgegen, was sie allerdings nur zum Lachen brachte.

»Na komm, dann bring ich dich mal zu Zyran. Er wartet beim Trainingsfeld auf uns.«

Ohne ein weiteres Wort folgte ich Jade, aus dem Schloss. Wir liefen nach links und etwas weiter hinter das Schloss, als ich Zyran auch schon auf einer großen, leeren Grasfläche stehen sah. Als er uns ebenfalls auf dem Feld erblickte, kam er uns langsam entgegen. Sofort vernahm ich seinen musternden Blick auf mir. Seine Augen schossen von meinem Gesicht zu meinen Füßen und wieder zurück.

»Du siehst sehr hübsch aus. Allerdings solltest du dein Haar noch zusammenbinden«, meinte er und reichte mir ein dünnes Band.

»Danke«, murmelte ich und wusste selbst nicht genau, worauf sich dieses Danke bezog. Auf das Band, oder etwa doch auf sein wirklich nettes Kompliment?

»Ich verabschiede mich dann mal«, gab Jade knapp von sich, bevor sie auch schon wieder verschwand.

Obwohl ich nun schon so oft mit Zyran allein war und auch schon Anzüglicheres mit ihm getan hatte, als nur vor ihm zu stehen, machte er mich etwas nervös.

»Wir sollten damit anfangen, deine Magie ein wenig zu trainieren«, sprach Zyran im professionellen Ton. »Erst wenn du diese etwas kontrollieren kannst, werden wir dich auf deinen Dämon vorbereiten.«

Da ich mich nicht auskannte, widersprach ich ihm nicht. Ich vertraue Zyran so weit, dass ich ihm in dieser Situation alles überlasse und er wusste, was für mich das Beste war.

»Womit genau fangen wir an?«, fragte ich ihn schließlich und wartete auf seine Befehle.

»Damit, dass du mir erst einmal sagst, was du bereits alles beherrschst.«

Ich schnaubte. »Beherrschen tue ich überhaupt nichts! Ich bin mit Not und starkem Willen einigermaßen dazu in der Lage, eine Kerze anzuzünden und einen Tropfen Wasser heraufzubeschwören.«

»Du konntest dich aus deinen Fesseln befreien.«

»Unwissentlich.«

»Unwissentlich? Du hast auch einen Holzblock zertrümmert.«

Erneut schnaubte ich. »Der war sicher morsch. Denn ich habe lediglich dagegen geschlagen und er ging kaputt.«

Zyran kniff die Augen zusammen. »Ist sonst noch etwas *Unwissentliches* passiert?«, fragte er dann.

Mit bösem Blick starrte ich ihn an. »Das mit dem Seil war wirklich ohne meine Kenntnis. Besäße ich so viel Magie, um mich von einem Seil befreien zu können, denkst du, ich hätte mich dann entführen lassen, ohne sie gegen dich anzuwenden, oder wäre lediglich davongelaufen?«

»Ihr Hexen seid schon auf ganz andere Ideen gekommen«, feuerte er mir entgegen.

Ein schmerzhafter Stich breitete sich in meinem Herzen aus. Auch wenn ich bis vor kurzem noch dachte, ich sei wirklich eine reine Hexe, verletzten mich seine Worte.

Er, der mich empfing und mir sagte, ich sei eine von ihnen. Er, der mir sagte, ich könne ihm vertrauen und er würde mir helfen, mich selbst zu entdecken. Er, der sagte, er würde mir helfen, damit ich endlich herausfand, wer ich wirklich war.

Ich sah es ihm an, er bereute seine Worte. Ob sie nun beabsichtigt oder aus Reflex waren.

»Evelyn, ich −«

Ich hob meine Hand, um seine Rede direkt zu stoppen. Ich wollte seine geheuchelte Entschuldigung nicht hören. »Zeige mir einfach, was du weißt und wie ich meine Magie nutzen kann.«

KAPITEL 16

- C -

Autsch. Das muss wehgetan haben. Seit mehreren Minuten stand ich nun schon auf einem kleinen Hügel im Wald vom Reich der dunklen Seelen und beobachtete Evelyn und Zyran dabei, wie ihr anfänglich gutes Gespräch in einer schmerzhaften Diskussion endete.

Trotz der Entfernung hatte ich ihren Schmerz sehen und spüren können, als Zyran sie »beschimpft« hatte. Dieser Idiot. Er sollte ihr helfen und sie nicht beleidigen. So wird er ihr nie helfen können. Sie muss ihm vertrauen, denn sonst wird die Angst bald ihr schlimmster Feind und womöglich auch ihr Tod sein!

»Wie macht sie sich?«, fragte Fynn und stellte sich zu mir. Wo kommt der denn schon wieder her? Ich musste mir das genervte Knurren verkneifen, damit er nichts bemerkte.

»Zyran hat sie beleidigt. Sie ist verletzt. Ich würde behaupten, das Training heute ist gelaufen.«

»Dieser Vollidiot«, murmelte Fynn und schlug sich die Hand gegen die Stirn.

Mehrere Sekunden beobachteten wir sie schweigend.

»Wie geht es Nadia?«, fragte ich Fynn, um keine Aufmerksamkeit zu erregen.

Er darf nichts merken! Seine Spürnase war schon immer sehr fein und genau. Ein Fehler und meine Deckung fliegt auf.

»Sie steht auf dem Balkon und beobachtet die beiden ebenfalls. Sie ist nicht begeistert von dem Ganzen und traut uns noch immer nicht. Sie ist um einiges schwerer zu überzeugen als Evelyn.«

»Vermutlich, weil sie weiß, wer sie ist.«

»Möglich«, murmelte Fynn abwesend.

»Solltest du nicht wieder zu ihr zurück gehen, wenn sie noch immer misstrauisch ist?«

Fynn nickte. »Ja. Ich wollte nur nachsehen, wie es zwischen Zyran und Evelyn läuft. Hat er mittlerweile mit ihr gesprochen?«

Der Teufel soll ihn holen! Wieso kann er nicht einfach gehen.

»Keine Ahnung, Fynn. Ich renne den beiden nicht vierundzwanzig Stunden hinterher. Doch ich bin mir sicher, hätte Zyran mit ihr gesprochen, würdest du vor mir davon erfahren.«

Als ich zu ihm blickte, sah ich ein verdächtiges Blitzen in seinen Augen aufleuchten, welches allerdings sofort wieder verschwand. Hatte er mich etwa doch durchschaut? Habe ich mich durch irgendetwas verraten?

»Du solltest gehen. Ich sehe Nadia nicht mehr auf dem Balkon«, versuchte ich es, um ihn loszuwerden.

Tatsächlich gab er dieses Mal nach, was mich erleichtert ausatmen ließ.

Mit einem Nicken verabschiedete er sich. Doch nach wenigen Schritten drehte er sich wieder zu mir um und rief mir zu: »Ach, und Jade. Pass auf, dass sich die beiden nicht doch noch in Stücke reißen.«

KAPITEL 17

- EVELYN -

»Du musst versuchen, dich zu entspannen, sonst wird das nichts. Streng dich mehr an!«, redete Zyran auf mich ein.

Doch es klappte nicht. *Arschloch!*

»Deine Beleidigungen helfen dir da recht wenig«, schnauzte er mich an.

Er erinnerte mich immer mehr an Schwester Klayra. Sie warf mir ebenfalls solche Worte an den Kopf. Beleidigte mich, erniedrigte mich, schrie mich an und brachte mich ans Ende meiner Nerven. Das mache ich kein zweites Mal mit!

Es war sein Vorschlag, mir zu helfen. Er bestand darauf, mir zu zeigen, wie meine Magie funktionierte und wie ich mit meinem Dämon zurechtkam. Doch ganz ehrlich …, wenn er mich so behandelte, dann kann er mich mal! Ich lasse mich doch nicht dumm ansprechen, nur weil ich unerfahren war und er es nicht ist! *Fick dich, Zyran!*

Ich hatte Jade solche Worte sagen hören, als sie einen für mich fremden Dämon beschimpft hatte. Es muss ein schlimmer Ausdruck sein, denn auch wenn ich die Worte kannte und wusste, was sie bedeuteten, verstand ich noch immer nicht genau, wieso diese Worte so beleidigend waren.

»Evelyn«, knurrte Zyran wieder und nun riss bei mir wirklich der Geduldsfaden.

Ich schleuderte ihm den kleinen dicken Ast, welchen er mir gegeben hatte, gegen die Brust.

»Leck mich, Zyran! Ich lasse mich doch nicht für dumm verkaufen, auch nicht von einem widerwärtigen Dämon«, warf ich ihm die Worte entgegen und hoffte, sie würden ihn verletzen.

Ich sah, wie er den Mund öffnete, um etwas zu sagen, doch mir waren seine Worte scheißegal. Trotzig drehte ich ihm meinen Rücken zu und wollte einfach nur von ihm weg. Erschrocken zuckte ich leicht zusammen, als ich hätte schwören können, eine fremde Person auf dem Hügel am Waldrand entdeckt zu haben. Fing ich nun auch noch an zu halluzinieren?

Mit schnellen Schritten stürmte ich zurück zum Schloss. Gut, dass ich mir den Weg in das Gästezimmer gemerkt hatte. Ohne mich umzusehen, rannte ich dorthin und schloss mit dem kleinen Schlüssel die Tür ab. Sie würde einen Dämon nicht von mir fernhalten, aber mir zumindest für wenige Sekunden eine Pause gönnen.

Tränen brannten mir in den Augen, als ich mich auf mein Bett setzte. Ich robbte in die Mitte, lehnte mich gegen die Wand und zog mir die Decke bis zur Brust. Ein Zittern durchfuhr meinen Körper, als ich an die Zeit mit Klayra dachte.

Anfangs war sie so lieb … bis heute wusste ich nicht, was sich plötzlich geändert hatte. Wenn sie von Anfang an wusste, wer ich war, wieso war sie dann zuerst so nett zu mir und dann so scheiße? Es ergab jetzt noch weniger Sinn, als es damals gemacht hatte. Wussten die Schwestern es anfangs nicht und fanden es erst später raus? Ein komisches Gefühl durchfuhr mich.

Würde ich je alles über mich erfahren? Und würde ich jemals erfahren, was damals geschehen war? Was war der Auslöser, damit sich plötzlich alles verändert hatte?

Kapitel 18

- Evelyn -

Neun Jahre zuvor

Mit einem freudigen Lächeln im Gesicht wartete ich auf Schwester Klayra. Sie war mittlerweile wie eine große Schwester für mich. Seit einem Jahr übten wir nun schon allein hier in diesem Trainingsraum, damit ich endlich Zugriff auf meine Magie bekam.

Ich mochte Klayra, sie erklärte mir alles und machte mir immer wieder Hoffnung, dass ich einfach nur Zeit brauchte. Sie glaubte daran, dass meine Magie nur »scheu« war und ich schlichtweg innerlich noch nicht ganz bereit dazu war, sie loszulassen. Klayra glaubte deshalb, ich müsse einfach nur an Sicherheit gewinnen, und dann könnte ich auch schon wie jede Hexe an dieser Schule zaubern.

Die kleine Glocke an der Wand schlug achtzehn Uhr. Sie müsste also jeden Moment hereinkommen. Schon von weitem konnte ich ihre Schritte hören. Die Schwestern trugen immer Schuhe mit einem kleinen Absatz. Außer natürlich beim Training, wenn sie Trainingskleidung anhatten. Dann trugen sie Stiefel wie wir. Zwar hatten auch diese einen kleinen Absatz, allerdings nur halb so hoch wie ihre normalen Schuhe. Da das Kloster zum größten Teil aus Gestein und Marmor bestand und es dadurch in den Gängen hallte, war sie durch ihre Schuhe nicht zu überhören.

Kaum hatte ich meinen Gedanken zu Ende gebracht, öffnete sich auch schon die Tür und Klayra trat zu mir in den Raum. Ihr blondes, lockiges Haar war wunderschön. Sie versuchte, ihre Haarpracht immer in einem unordentlichen Dutt zusammenzuhalten. Klayra war Anfang zwanzig. Ihr Gesicht war schmal und ihre Nase zart und ihre Augen so grün wie die Blätter an den Bäumen, außerdem besaß sie sanfte Gesichtszüge … oder besser gesagt, hatte besessen. Ich runzelte die Stirn, als ich ihre ernste Miene sah und sie mich voller Verachtung anstarrte. Hatte ich etwas falsch gemacht?

»Fang an, zu üben«, knurrte Klayra, deren Stimme sonst immer einem Engel glich.

»Ist etwas passiert?«, fragte ich schüchtern und blickte mit brennenden Augen zu ihr auf.

Ich wollte nicht, dass sie böse war! Hatte ich etwas falsch gemacht?

»Das geht dich nichts an. Mach einfach deine Übungen.«

Schwer schluckte ich und versuchte mich erneut auf meine Übungen zu konzentrieren. Nach etwa fünfzehn Minuten gab ich bereits auf, denn so wie jeden Tag geschah einfach nichts.

»Du gibst dir nicht mal Mühe, Evelyn! Reiß dich zusammen und konzentrier dich!«, schimpfte Klayra.

Noch nie ging sie so grob mit mir um. Was war heute nur los mit ihr?

Eine Stunde probierte ich alles, um auch nur einen Funken Magie heraufzubeschwören, doch es ging nicht. Ich schaffte es einfach nicht! Mein Herz raste und meine Augen brannten, denn während ich alles gab, schrie mich die Schwester immer wieder an und erniedrigte mich.

Ich konnte nicht mehr, das war mir alles zu viel.

Mein Herz zersprang endgültig in tausend kleine Teilchen, als Klayra fauchte: »Du bist eine nutzlose Hexe. Wenn du dich weiter so dumm anstellst, wirst du bald aus dem Kloster fliegen und im Wald ausgesetzt! Wollen wir mal sehen, ob du dich dann immer noch so dämlich anstellst, wenn du erst einmal vor einem hungrigen Dämon stehst!«

Alles tat mir weh! Mein Kopf, mein Körper, meine Augen, da ich noch immer gegen die Tränen ankämpfte und vor allem mein Herz.

»Verdammt! Streng dich mehr an!«, ihre Stimme weiterhin rau und voller Verachtung. Was hatte ich nur getan, dass sie so wütend auf mich war?

Ich brachte keinen Ton hervor und dennoch versuchte ich, ihr mit meinen Blicken meine Gefühle mitzuteilen. Doch selbst wenn sie diese verstehen würde, schenkte sie ihnen keine Beachtung. Sie schnaubte und sah auf mich hinab, als wäre ich Dreck unter ihren Stiefeln. Das Vertrauen, welches ich in den Monaten zu ihr aufgebaut hatte, diese wundervolle Beziehung, welche wir gehabt hatten, alles war kaputt und ich glaubte, nie wieder heilen zu können. Diese Demütigung!

Ihre Worte trafen mich. Schwer. Hart und unvorhersehbar.

»Verschwinde. Für heute, habe ich genug von dir!«, warf sie mir gegen den Kopf, bevor ich auch schon aus dem Trainingsraum in mein Zimmer rannte.

Was war nur geschehen, dass sie nun so gemein zu mir war?!

Kapitel 19

- Klayra -

So war ich nicht, es fühlte sich falsch an, dieses unschuldige Kind so zu behandeln, doch ich hatte keine Wahl! Kurz vor meiner Stunde mit Evelyn hatte mich Trya zu sich gerufen und erzählte mir von einer großen Neuigkeit. Sie hielt mir ein Schreiben, überbracht von den Boten, unter die Nase.

Trya,

Wir beide wissen, dass dies keine gute

Neuigkeit ist, wenn ich

dir schreibe.

Ich habe ein paar Worte von

den Obersten an dich.

Man fand heraus, dass das Kind, welches

wir euch vor gut einem Jahr

gebracht haben, die Tochter von Jorun sein könnte.

Ich denke, ich muss dir nicht genauer

erläutern, was das für dich und

die Schwestern bedeutet.

Versuche, den Verdacht zu bestätigen,

sie sind bereits ungeduldig und

erwarten deine Antwort so schnell, wie

es nur geht.

Vertraue den Richtigen und pass

gut auf das Ding auf.

Sollte sie wirklich Joruns Tochter sein, wird bald

der Teufel zu ihr kommen.

- M

Mal wieder eine vollkommen nichtssagende Nachricht von den Obersten. Dennoch stand mehr darin als sonst.

»Meinen sie damit Evelyn?«, fragte ich Trya, die sofort nickte.

Ich schluckte schwer. Ein neunjähriges Mädchen, dessen Leben sich von heute an vollkommen ändern wird. Sie wusste nichts über sich, war noch so jung und hatte doch keine Ahnung von der Geschichte. Oder etwa doch? Ich schüttelte über mich selbst den Kopf. Nein, dieses Mädchen hatte keine Ahnung. Würde sie davon wissen, wäre sie nicht so ungebildet mit ihrer Magie. Noch dazu bezweifelte ich, dass sie dann überhaupt erst ins Kloster gekommen wäre. Ihr platinblondes Haar hätte uns bereits ein Hinweis sein sollen, doch wer würde da direkt an Joruns Tochter denken? Nur weil Jorun ebenfalls weißes Haar hatte.

Armes Ding, sie wird noch ein Leben voller Qualen vor sich haben. Jeder wird sich um sie reißen, keiner wird ihr etwas erzählen und sie wird sich auf ewig fragen, wem sie wirklich vertrauen kann.

Mir schon mal nicht ... denn leider bin ich nicht so gebildet in diesem Leben als Schwester, wie es Trya war, deshalb werde ich dieses Kind nicht belügen. Ich werde sie spüren lassen, dass ich kein Vertrauenspartner für sie war.

Dieses Band zwischen uns, das sie fühlen lässt, als sei sie meine kleine Schwester, muss zerstört werden, denn wenn sie mir auch nur einen Hauch erzählen würde, egal von was, müsste ich Trya alles mitteilen, so verlangt es das Gesetz.

Ich war kein schlechter Mensch. Ich würde Joruns Plänen, auch wenn sie falsch waren, niemals im Wege stehen. Sie war eine Göttin, ich hatte kein Recht, ihre Taten zu hinterfragen und zu beurteilen. Doch leider, lebte ich auf der falschen Seite der Mauern.

»Sie darf die Quelle ihrer Magie niemals erreichen! Denn, wie es in dem Brief steht, wird der Teufel kommen, um sie zu holen. Das darf nicht geschehen! Joruns Pläne dürfen sich nicht erfüllen und das werden sie, wenn sie ihre Magie erweckt. Halte dieses Kind klein, sie muss das Gefühl haben, wertlos zu sein, nur so können wir dafür sorgen, dass sie ihre Magie nie erlangen wird! Hast du mich verstanden Klayra?«

Ich wollte nicht nicken und doch tat ich es. Ich war eine Marionette des Systems und leider war ich mir dessen sehr wohl bewusst. Nie wollte ich so enden und doch scheint es, als würde es genauso kommen. Dafür hasste ich mich und werde es bis zu meinem letzten Atemzug tun!

Ach Evelyn, dein Schicksal wird das Schlimmste sein, doch glaube mir, ich werde alles daran setzen, dir helfen zu können. Auch wenn ich es dir niemals zeigen darf. Du sollst leben dürfen und nicht unter einem Schicksal leiden müssen, für welches du nichts kannst!

KAPITEL 20

- NADIA -

*

HEUTE

Wütend stürmte ich durch die Gänge, ich hatte keine Ahnung, ob der Weg überhaupt richtig war, doch ich musste zu Zyran. Dieser kleine Idiot! Nachdem ich gesehen hatte, wie Eve rasend schnell den Platz verlassen hatte, war ich zu ihr gerannt, wo sie mir die wichtigsten Details erzählt hatte. Ich hatte den Schock in ihren Augen gesehen und wusste, welche Erinnerungen sie wieder plagen würden.

»Nadia«, kam mir Fynn erschrocken entgegen.

Ja, er hatte gedacht, dass er mich in meinem Zimmer einsperren könnte, doch ich besitze Magie und beherrsche diese sehr gut! Dachte er wirklich, ein kleiner Schlüssel könnte mich abhalten?

»Wo möchtest du hin?«, fragte er liebevoll, was mich nur noch wütender machte.

»Nicht, dass es dich etwas angeht, aber ich suche deinen Herrn und Meister!«, sprach ich voller Verachtung und ging an ihm vorbei.

Fynn allerdings stoppte mich, indem er mich an meinem Handgelenk festhielt. »Was auch immer du vorhast, lass es.«

Wutentbrannt riss ich mich von ihm los.

»Ich lasse ihm viel durchgehen. Aber hier hört der Spaß auf Fynn! Und glaube mir, solltest du dich mir in den Weg stellen, habe ich kein Problem damit, auch dir in den Hintern zu treten!«

Beschwichtigend hob er seine Hände, allerdings mit einem breiten Grinsen im Gesicht. *Idiot!*

Ohne ihn weiter zu beachten, stürmte ich weiter wirr durch die Gänge, bis ich Zyran tatsächlich über den Weg lief.

Gerade, als er mich bemerkt hatte und sich zu mir drehte, holte ich mit der flachen Hand aus und schlug ihm mitten ins Gesicht. Sein Kopf flog zur Seite, wobei ich wusste, dass es ihm trotz allem nicht wirklich wehgetan hatte. *Scheiß dämonische Kräfte!*

»Wofür war die denn bitte?«, knurrte er und sah ziemlich angefressen aus.

»Das weißt du ganz genau! Falls du es vergessen haben solltest: Du warst derjenige, der sie entführt hat und dazu überredet, sie zu trainieren. Du wolltest das alles! Sie ist nur ein Opfer, welches noch nicht einmal weiß, wer sie überhaupt ist! Dann lässt sie sich auf deine kranke Scheiße ein und du hast nichts Besseres zu tun, als sie wie Dreck zu behandeln! Du wusstest genau, dass Klayra ebenfalls zu so einem Biest wurde und du machst genau das Gleiche bei ihrer ersten Trainingsstunde!«

Wütend schoss mein Blick zu Jade, die bei Zyran war. »Und du hast nichts getan und nur zugesehen.«

»Ich – was?«, fragte sie mit großen Augen, als hörte sie davon zum ersten Mal, doch ich war nicht dumm. Ich habe sie genau neben Fynn am Waldrand stehen sehen.

»Tu nicht so, als wüsstest du von nichts, ich habe dich bei Fynn am Waldrand gesehen.« Während Jades Blick immer verwirrter aussah, hob Zyran eine Augenbraue und drehte seinen Kopf in ihre Richtung.

»Meintest du nicht gerade zu mir, du wärst erst jetzt zurückgekommen?«

»Das bin ich auch!«, rechtfertigte sie sich vor Zyran und ihr Blick war voller Panik. Ich war verwirrt. *Was ging hier denn nun bitte vor sich?*

Zyran wandte sich wieder mir zu und meinte: »Du kannst mich gerne später weiter anschreien, aber ich muss jetzt erst mal los und etwas klären. Jade, bring sie in ihr Zimmer und komm danach sofort zu mir!«

Da ich vollkommen irritiert war und keine Ahnung mehr hatte, was hier eigentlich los war, ließ ich mich von Jade in mein Zimmer bringen. Ich trat ein und drehte mich wieder zu ihr um. Kurz bevor sie meine Zimmertür schloss, sah sie zu mir auf und flüsterte: »Bist du dir sicher, dass du mich am Waldrand gesehen hast?«

Ich nickte. »Du hast dich mit Fynn unterhalten, frag ihn, er wird dir genau das gleiche sagen.« Sie sah verwirrt und auch leicht besorgt aus, stimmte etwas nicht? Ich wollte sie bereits fragen, doch bevor ich die Gelegenheit dazu bekam, schloss sie auch schon die Tür und ich blieb allein mit rasendem Herzen zurück. Ich sollte mich erst mal etwas hinlegen und mich beruhigen. Das waren gerade wirklich sehr intensive und verwirrende Minuten.

KAPITEL 21

- EVELYN -

Noch immer saß ich auf meinem Bett und war mir unsicher, was ich nun tun sollte. Seine Worte hatten mich wirklich verletzt. Vielleicht sollte ich einfach ein kühles Bad nehmen, um wieder einen klaren Kopf zu haben. Entschlossen stand ich also auf und war gerade dabei, zum Badezimmer zu gehen, als es an meiner Tür klopfte.

»Hau ab, Zyran!«, schrie ich. Ich wollte ihn nicht sehen.

»Ich bin's Nadia«, ertönte die sanfte Stimme meiner besten Freundin.

Sofort rannte ich zur Tür und öffnete sie. Mit einem leichten Lächeln im Gesicht sah sie zu mir. Ohne zu zögern, fiel ich ihr um den Hals und presste sie fest an mich.

Zögerlich erwiderte sie meine Umarmung.

»Alles in Ordnung?«, fragte ich sie stirnrunzelnd.

Sie nickte nur.

Ich trat zur Seite und deutete ihr an, einzutreten. Wir setzten uns auf mein Bett.

»Wie fühlst du dich?«, fragte Nadia vorsichtig.

»Passt schon«, antwortete ich ihr knapp.

»Ich habe eure Trainingseinlage vom Balkon aus beobachtet. Ich habe Zyran dafür eine runtergehauen.«

Ich lachte. »Du hast ihn geschlagen?!«, meine Stimme war dabei lauter als beabsichtigt.

Breit grinsend nickte sie. »Du hättest seinen Blick sehen müssen! Aber sein Verhalten war nicht in Ordnung, Evelyn. Er war ein riesiges Arschloch!«

Evelyn? Arschloch?

Etwas abwesend stimmte ich ihr zu.

»Wirst du das Training fortsetzen?«

»Ich denke schon. Trotz allem möchte ich noch immer wissen, wer ich war, und ich möchte meine Magie endlich anwenden können, selbst wenn ich ein weiteres Mal von Beleidigungen überschüttet werde.«

»Du musst das nicht tun, das weißt du, oder?«

»Nadia, ich weiß, du magst die Dämonen nicht, doch ich bin auch zum Teil einer und ich möchte endlich alles über mich und meine Vergangenheit herausfinden.«

Sie seufzte. »Nun gut, aber was ist, wenn du dir jemand anderen suchst?«

Verwirrt starrte ich sie an. »Was meinst du?«

»Meinte Zyran nicht, es gäbe mehrere Reiche in der Unterwelt? Und du bist zum Teil ein Dämon, was bedeutet, du kannst in die Unterwelt reisen und Hilfe in einem anderen Reich suchen.«

»Ich kenne die anderen Reiche aber nicht! Und was ist, wenn diese Kreaturen noch schlimmer sind. Ich habe doch keine Ahnung, was für Wesen sich dort unten befinden.«

»Das wirst du aber bald schon herausfinden«, murmelte meine beste Freundin.

»Was?«

»Ich habe Zyran sagen hören, dass er dich bald mit in die Hölle nehmen möchte, er glaubt, dort kannst du dein Training besser fortsetzen.«

Entsetzt starrte ich sie an. »Meinst du das ernst?«

»Ja, aber wir können noch verschwinden, Evelyn! Ich habe bereits alles gepackt, das ist vermutlich unsere letzte Gelegenheit.«

Ich seufzte. »Ich weiß und es tut mir leid, Nadia. Ich werde dich zu nichts zwingen und wenn du gehen möchtest, werde ich zwar alles tun, um das zu verhindern, aber schlussendlich ist es deine Entscheidung. Ich habe meine bereits gefällt, als ich während der *Entführung* abgehauen und anschließend wieder zu Zyran zurückgegangen bin.«

Traurig blickte mich Nadia an. »In Ordnung. Ich bleibe ebenfalls, niemals werde ich dich mit diesen Idioten allein lassen. Ich sollte jetzt nur wieder zurück in mein Zimmer, bevor Fynn wieder einen Anfall bekommt.«

Bevor ich hätte etwas sagen können, sprang sie beinahe fluchtartig aus dem Bett und stürmte hinaus. *Was war nur mit ihr los? Wieso bekam ich immer mehr das Gefühl, dass irgendetwas ganz und gar nicht mit ihr stimmte. Sie benahm sich sehr sonderlich heute.*

Kaum eine halbe Minute war vergangen, als es erneut an meiner Tür klopfte. Laut und stark. Sofort wusste ich, wer es war. Bevor ich hätte irgendetwas tun können, riss Zyran die Tür auf und kam zu mir ins Zimmer, dicht gefolgt von Fynn.

»War jemand bei dir?«, kam Zyran direkt zur Sache.

Irritiert sah ich ihn an.

»Wie bitte?«

»Seit unserem Training. War jemand in deinem Zimmer?«

»Ja?«

»Wer?«

»Nadia. Wieso, was ist denn los?«

Zyran drehte sich zu Fynn um, der ihm einen komischen Blick schenkte. Irgendetwas stimmte hier nicht! Ganz und gar nicht!

»Bist du dir sicher, dass es Nadia war?«, fragte Fynn nun.

»Ja«, antwortete ich direkt.

Fynn allerdings schüttelte seinen Kopf.

»Denk genau nach, Evelyn. Bist du dir sicher, dass es Nadia war? War sie wie immer, keine Unterschiede oder ein merkwürdiges Verhalten?«

Seine Fragen verwirrten mich. Doch gerade, als ich den Kopf schütteln wollte, dachte ich noch einmal über das Gespräch zwischen uns nach.

»Keine Ahnung, Fynn. Ich denke sie war wie immer. Wieso?«

Meine zitternde Stimme verriet mich, Fynn und Zyran wussten, dass ich log.

Ich war mir unsicher. Normalerweise nannte mich Nadia immer Eve und fluchte nicht vor mir. Zumindest nicht mit solchen Worten wie Arschloch. Es blieb bei ihr hängen. Da Nadia älter war als ich, wollte sie immer eine Art Vorbild für mich sein und nutzte kaum Ausdrücke in meiner Gegenwart, und das blieb bis heute so.

Doch gerade eben, sagte sie vor mir Arschloch. Also entweder färbte Fynns Verhalten auf sie ab oder … etwas stimmte nicht.

»Ich komme später noch mal zu dir«, verabschiedete sich Zyran von mir und ließ mich wie immer im Unklaren.

Bei Jorun machte er mich manchmal wütend! Schnell sprang ich von meinem Bett auf und eilte den beiden hinterher, doch als ich die Tür aufriss und auf den Gang blickte, waren sie bereits weg. Wütend schlug ich die Tür zu und lehnte genervt meinen Kopf dagegen. *Wieso konnten sie nicht einmal normal antworten?!*

Plötzlich fiel mir eine Sache wieder ein. Zyran zeigte mir, wie ich die Gedanken der Dämonen lesen konnte und auch Jade hatte mir vor kurzem erzählt, sie hätte meine Gedanken hören können, zusätzlich zu den Worten, die ich von ihr vernommen hatte.

Leider jedoch hatte ich keine Ahnung, wie ich es die beiden Male angestellt hatte.

Komm schon, Evelyn, du schaffst das!

Zielstrebig schloss ich meine Augen und konzentrierte mich auf Fynn. Seine Gedanken würde ich vermutlich einfacher lesen können als die von Zyran.

Meine Augen weiterhin geschlossen, dachte ich ausschließlich an Fynn. *Komm schon. Komm schon, wo bist du?! Lass mich rein in deinen Kopf!*

Ich war kurz davor aufzugeben, als ich plötzlich abgehakte Worte in meinem Kopf hörte.

»Sagte dir ... Nadia schläft, schau ... erst Nadia ... Jade ... nicht am Waldrand ... jemand im Schloss ...«

Leider brach der Kontakt zu ihm schneller ab, als mir lieb war, doch ein paar Worte konnte ich zumindest aufschnappen. Was hatte dies zu bedeuten?

Wenn Nadia wirklich am Schlafen war, wer zur Hölle war dann gerade in meinem Zimmer gewesen? Und wenn Jade nicht sie selbst war, wer lief dann die letzten Tage durch das Schloss und trickste uns alle aus? Schwer atmend und mit rasendem Herzen starrte ich auf die geschlossene Tür. Bei Jorun! Irgendjemand war hier im Schloss und gab sich als jemand anderen aus! Oder? Was, wenn nicht und uns versucht nur jemand in die Irre zu führen … mein Herz sprang mir beinahe aus der Brust, da mir nur ein passender Name einfiel.

TRYA!

KAPITEL 22

- EVELYN -

Zyran kam nicht wie »versprochen« später vorbei, stattdessen ließ er Fynn bei mir vorbeischicken, welcher mir mitteilte, dass ich zum Essen kommen soll. Zur Hölle mit dieser Bande! Sie raubten mir langsam wirklich den letzten Nerv!

Angepisst stürmte ich durch die kühlen Gänge und zum ersten Mal fielen mir die vielen Rüstungen und Gemälde an den Seiten und Wänden auf. Wäre ich nicht gerade schon wieder rasend vor Wut, würde ich diese wunderschönen Malereien wirklich bewundern. Als ich in dem großen Speisesaal ankam, saß Zyran bereits wie immer auf seinem Platz und nippte an seinem Wein.

»Ich habe die Nase nun gestrichen voll!«, schrie ich ihn an und hatte somit seine ungeteilte Aufmerksamkeit. »Du kannst nicht immer zu mir kommen und von mir jede Art von Antwort erwarten und mir stattdessen überhaupt nichts mitteilen. Genauso wenig hast du das Recht, einfach über meinen Kopf hinweg zu bestimmen, wohin wir gehen. Was, wenn ich gar nicht in die Hölle möchte, hm? Schon mal daran gedacht?!«

»Woher weißt du davon?«

Ich schnaubte, ignorierte jedoch seine Frage.

»Auch kannst du mich nicht einfach irgendwelche schaurigen Fragen stellen und mir dann nicht sagen, dass du die Vermutung hast, dass sich jemand hier in deinem Schloss aufhält! Ich habe mich mit Nadia unterhalten, bekomme aber kurz darauf mit, dass diese schlafend in ihrem Bett liegt.«

Nachdem ich alles losgeworden war, was mich angekotzt hatte, starrte ich ihn abwartend an. Er sah für den Moment ziemlich überfordert aus, was mich nun doch leicht grinsen ließ.

»Woher weißt du davon?«, fragte er, nachdem er sich ein wenig gefasst hatte.

»Woher weiß ich, was?«, fragte ich zurück.

»Na, alles!«

Ich zuckte mit den Schultern. »Antworte mir auf meine Fragen und ich antworte dir auf deine.«

»So läuft das nicht, Evelyn.«

»Nein? Vielleicht für dich nicht, für mich allerdings sehr wohl!«

Leise hörte ich ihn knurren, als er sich etwas in seinem Stuhl aufrichtete und mich vernichtend anstarrte. »Also gut. Ich wollte es noch mit dir besprechen, doch ich halte es für das Beste, wenn du deinen Dämon in der Hölle trainierst. Dort kann er weniger vernichten und er ist direkt zuhause und kann sich sicher fühlen.«

Gut, das klang in gewisser Weise logisch. Ob er wirklich noch vorhatte es mit mir zu besprechen, ist eine andere Frage, allerdings würde er mir in dieser Situation niemals die Wahrheit sagen. Deshalb fragte ich erst gar nicht nach.

»Und was ist mit Nadia und Jade?«

Ein für mich undeutbarer Blick legte sich auf seine Gesichtszüge. »Wissen wir noch nicht. Allerdings schließen wir die Möglichkeit nicht aus, dass sich jemand im Schloss aufhielt, der hier keine Aufenthaltserlaubnis hat. Doch wer auch immer es war, ist nun weg. Nadia sowie auch Jade sind echt, wir haben es bei beiden geprüft.«

»Meinst du, es ist Trya, die auf Rache aus ist?«

Er schüttelte den Kopf. »Hexen können ihren Geruch nicht überdecken, was bedeutet, entweder Fynn oder ich hätten ihre Magie riechen müssen. Sollte es sich wirklich um einen Eindringling handeln, wird es sich um jemanden aus der Dämonenwelt handeln.«

»Jetzt bist du dran«, sagte er nach kurzer Pause und sah mich abwartend an.

»Nadia, oder besser gesagt, nicht Nadia, hat mir vorhin von deinem Plan erzählt und die Situation mit Jade … nun, ich konnte in Fynns Kopf gelangen.«

Gegen meine Erwartungen breitete sich ein freudiges Lächeln auf seinem Gesicht aus und er beugte sich mir entgegen. »Du konntest Fynns Gedanken lesen?«

»Mehr oder weniger. Ich konnte nur ein paar abgehackte Wörter verstehen.«

Seine Augen funkelten vor Freude. »Das ist egal! Du hast etwas geschafft, wofür andere Jahre brauchen, Evelyn. Ich bin wirklich stolz auf dich!«

Auch wenn ich es nicht unbedingt wollte, breitete sich ein wohliges Gefühl in mir aus. Ein kleines Lächeln huschte über meine Lippen.

»Setz dich zu mir, wir sollten etwas essen und anschließend reden wir darüber, ob du mit der Reise in die Hölle einverstanden bist.«

Auch wenn ich mir unsicher war, hatte ich der Reise zugestimmt. Natürlich auch darauf bedacht, dass Zyran sich auch um Nadias Sicherheit sorgte. Ich vertraute Zyran aus mir unerklärlichen Gründen. Denn auch wenn er immer verschlossen war und mich kaum über etwas informierte, sagte er mir stets die Wahrheit. Glaubte ich zumindest. Doch für mich war es nicht ganz so schlimm, sollte ich in der Hölle feststecken, sollte Nadia jedoch dort unten meinetwegen etwas geschehen, könnte ich mir das niemals verzeihen!

»Du solltest dich nun etwas ausruhen. Denn morgen werden wir in die Hölle aufbrechen«, mit diesen Worten hatte er mich in mein Zimmer gebracht und schloss hinter mir die Tür.

Bei Jorun, jetzt wurde ich doch wieder etwas nervös. Vor wenigen Wochen hätte ich noch darüber gelacht, wenn mir jemand davon erzählt hätte, dass ich mit Dämonen freiwillig in die Hölle reisen würde. So schnell kann sich das Leben ändern.

KAPITEL 23

- Klayra -

✳

3 Jahre zuvor

Während ich den Junghexen zeigte, wie sie einen kleinen Wasserfall erschaffen konnten, sah ich dabei zu, wie Evelyn konzentriert auf den noch immer leeren Aufbau starrte. Dabei handelte es sich um ein kleines Becken mit einem hohen Absatz. Dieses sollte eigentlich längst mit Wasser gefüllt sein und nun vom Absatz ein Wasserfall fließen. Wie gerne ich diesem Kind helfen würde, aber ich konnte es nicht.

Es wurde von Trya und den Obersten erneut strikt verboten. Evelyn durfte nichts lernen, sollte allein schon gar nicht erfahren, dass sie eigentlich ziemlich mächtig war und die Tochter einer Göttin. Ich wusste nicht, wie man ihre Magie trainierte, sonst hätte ich zumindest versucht, ihr einen Hinweis zu geben. Ich mochte dieses

Kind und doch musste ich sie schlechter behandeln, als es überhaupt jemand verdient hatte.

Ich würde am liebsten zu ihr gehen und ihr erklären, wie sie mehr als nur einen Tropfen in dieses Becken bringen konnte, doch stattdessen fauchte ich: »Evelyn! Stell dich hin und bring endlich dein Becken voll! Du benimmst dich wie ein Kleinkind. Wie immer!«

Beschämt stand sie auf und sah gequält auf den Boden. Verdammt, ich musste mir endlich etwas überlegen.

Mit Tränen in den Augen starrte Evelyn den Aufbau an und fügte vier weitere Tropfen zu den acht davor hinzu.

»Der Unterricht ist beendet! Das habt ihr sehr gut gemacht. Evelyn, und du, fang endlich zu lernen an, sonst wirst du auf ewig eine nichtsnutzige Hexe sein!«

Mit knallrotem Gesicht stürmte sie aus dem Klassenraum, dicht gefolgt von ihrer besten Freundin Nadia.

Nachdem alle Kinder den Raum verlassen hatten, schlich ich zur Bibliothek – in eine abgesperrte, verzauberte Abteilung – welche nur die Schwestern und Brüder sehen konnten. Ich huschte zwischen den Regalen umher, bis ich endlich das passende Buch gefunden hatte und es aufschlug. Schneller, als ich jemals zuvor gelesen hatte, ratterte ich die achthundert Seiten hinab und versuchte, eine Lösung zu finden, welche Evelyn helfen konnte. Doch egal, wie oft ich das Buch auch las, die Lösung änderte sich nicht. Es blieb immer dieselbe und sie gefiel mir ganz und gar nicht. Evelyn musste zu den Dämonen! Nicht nur, dass mir diese Idee nicht gefiel … wie in Joruns Namen sollte ich bitte, in die Nähe eines Dämons kommen?! Das alles wurde immer verwirrender und anstrengender. *Konnte ich das überhaupt allein schaffen, oder war das alles nur Irrglaube und eigentlich konnte ich diesem armen Kind gar nicht helfen?*

Verdammt, was sollte ich nur tun?

KAPITEL 24

- EVELYN -

*

HEUTE

»Bist du dir sicher?«, fragte ich Nadia nochmal.

Fest entschlossen starrte sie mich an. »Ich werde dich nicht verlassen, Evelyn! Wenn du in die Hölle gehst, dann gehe ich mit dir.«

Ich sah meine beste Freundin freudig an und nahm sie fest in die Arme. »Was würde ich nur ohne dich tun«, murmelte ich in ihr offenes, langes Haar.

»Eine Hexe in der Hölle? Na, das kann ja nur schief gehen«, murmelte Jade und sah dabei zu Zyran.

»Sie wäre nicht die Erste«, gab dieser von sich.

Ich sah Jade an, dass sie etwas bedrückte. »Was ist los?«, fragte ich sie also. Unschlüssig, ob sie mir antworten soll, blickte sie zwischen Zyran und mir hin und her. »Bisher hat keine Hexe in der Hölle überlebt.«

»Dann werde ich wohl die Erste sein!«, Nadia klang entschlossen und sah sie selbstsicher an. Noch immer erblickte ich Skepsis in Jades Augen, doch genauso wie ich, wusste Jade, dass man Nadia ihre Idee nicht mehr ausgeredet bekommen wird.

»Also gut, wenn alle so weit sind, dann können wir ja los.«

Keiner widersprach Zyrans Worten, stattdessen folgten wir ihm schweigend. Wir gingen durch einen Teil des Erdgeschosses und dann hinab in den Keller des Schlosses.

Ich erwartete bereits Kerker mit gefangenen Hexen darin, doch stattdessen erstreckte sich nur ein weiterer langer Gang. Der Boden wirkte etwas feucht und es war kalt. Eine Gänsehaut breitete sich auf meinem Körper aus.

Ohne ein Wort liefen wir den Gang entlang, bis Zyran vor einer Eisentür stehen blieb.

Er öffnete sie und ließ uns hinein. Sobald wir zum Stehen kamen, sahen wir uns schweigend um. Der Raum bestand aus schwarzem Gestein, wirkte genauso feucht und war ebenfalls eiskalt. Geradeaus am Ende des kleinen Raumes, befand sich eine Art Spiegel. Allerdings sah er ziemlich dick aus, dahinter war weder eine Wand noch etwas von draußen zu erkennen und noch dazu war das Glas dunkelgrün und leicht durchsichtig.

Erst nach genauerem Hinsehen bemerkte ich, dass an der oberen Ecke ein Stück fehlte und als Zyran plötzlich seine Kette abnahm, schaffte ich es, eins und eins zusammen zu zählen.

»Bei Jorun! Diese Kette ist ein Portalschlüssel in die Hölle!«, stieß ich aus. Mit einem schiefen Grinsen, welches meine Knie weich werden ließ, drehte Zyran sich zu mir um. »Schlaues Mädchen«, lobte er mich und Röte schoss mir in die Wangen. Verlegen blickte ich auf den Boden.

»I-Ich verstehe nicht ganz. Ein Portalschlüssel?«, fragte Nadia und sah in die Runde.

»Diese Kette ist das fehlende Teil, um dieses Portal öffnen zu können. Sobald ich diesen Stein einsetze, haben wir genau zehn Sekunden, um hindurchzugehen, ansonsten schließt es sich wieder und kann erst in wenigen Monaten erneut geöffnet werden.«

»Was? Wieso?«, fragte Nadia entsetzt.

Zyran seufzte. »Das ist eine Geschichte für einen anderen Tag.«

Während Nadia nichts mehr sagte, verdrehte ich nur meine Augen. *Typisch.*

»Aber wir können doch jederzeit wieder zurück, oder?«, fragte ich anschließend. Seufzend schüttelte Zyran seinen

Kopf, was mir eine Gänsehaut verschaffte und Nadia laut schlucken ließ.

»Leider gilt diese Regel für beide Seiten, kein Rein und kein Raus mehr, egal auf welcher Seite man steht«, schenkte uns Fynn die ausführliche Antwort auf meine Frage.

Wir würden also Monate in der Hölle gefangen sein und hatten nicht die geringste Chance, dort heraus zukommen. Zähneknirschend sah ich zu Nadia. Sie wäre dann ebenfalls dort unten eingesperrt. Es war so schon sehr gefährlich für sie, aber nun konnte sie nicht einmal mehr aus der Hölle zurück, sollte sie in immenser Gefahr schweben.

Nadias Blick schwenkte zu mir. Ich musste nichts sagen, damit sie erkannte, was in meinem Kopf vorging. Ein leichtes Lächeln erschien auf ihren Lippen und sie nickte kaum merklich. Ich seufzte. Wie konnte man nur so stur sein. Sie setzte ihr Leben wirklich für mich aufs Spiel, diese Reise war ein sehr hohes Risiko für sie, doch ich werde ihr diese Idee nicht ausreden, schließlich tat sie es für mich und ich war für jede Hilfe dankbar, vor allem von meiner besten Freundin.

»Und wieso befindet sich so ein komisches Symbol in dem Stein?«, fragte Nadia nun, als sie auf den Anhänger starrte.

»Das ist das Wappen meines Hauses. Alle vier Reiche in der Hölle haben ein anderes und können sich mit ihrem Stein in ihr Schloss teleportieren.«

»Heißt das, du hast ein weiteres Schloss in der Hölle?«, fragte ich Zyran. Schmunzelnd nickte er. »Der einzige Unterschied ist, dass es dort unten gruseliger aussieht und du mehr Grün als Rot finden wirst. Schließlich ist Grün die Farbe unseres Reiches.«, brabbelte Fynn gelangweilt, was mich zum Lachen brachte.

»Und was ist das für ein Symbol auf der Kette?«, fragte ich.

Das breite Grinsen erschien wieder auf Zyrans Lippen, als er sagte: »Das wirst du gleich sehen, Liebes.«

Dann setzte er seinen Anhänger auch schon in die Lücke und ich starrte mit großen Augen auf das Portal. *Bei Jorun! Verdammt, war das beeindruckend!*

Sobald er den Stein eingesetzt hatte, fing das Glas an zu leuchten. Das dunkle Grün veränderte sich in ein strahlend helles Smaragdgrün. *Shit, es sah beinahe genauso aus wie Zyrans Augen, als er nach meiner Rettung so wütend geworden war!*

Während sich die Farbe veränderte, konnte man ganz leicht, in einem dunkleren Ton, ein Symbol erkennen. Das, was ich vor Wochen noch als Buchstabe oder Ziffer wahrnahm, war eigentlich ein Zepter, welches einem

Dreizack ähnelte. Ich hatte dieses Symbol bereits in Büchern gesehen, deshalb kam es mir so bekannt vor. Es stand für die Würde und Gerechtigkeit eines großen Herrschers in der Dämonenwelt!

Ein hellgrünes Feuer breitete sich auf der Unterseite des Portals aus und nach und nach verschwand das schwache Symbol auch schon wieder.

»Jetzt!«, rief Zyran plötzlich.

Ohne zu zögern sprangen Fynn und Jade in das Portal.

»Na dann mal los«, murmelte Nadia und schaute dabei zu mir.

Ich sah, wie sie die Augen zusammenkniff und anschließend durch das Glas sprang und ebenfalls dahinter verschwand.

»Komm schon Evelyn. Das Portal schließt sich jeden Moment wieder«, sagte Zyran und streckte mir seine Hand entgegen. Ein komisches Gefühl machte sich in meinem Bauch bemerkbar, während mein Herz raste und ich schwer schlucken musste. *O bei Jorun, lass mich das bitte nicht bereuen!*

Entschlossen, aber mit zitternden Fingern, griff ich nach Zyrans Hand und sprang gerade noch rechtzeitig mit ihm durch das Portal hindurch – direkt in die Hölle!

KAPITEL 25

- EVELYN -

Ich hatte meine Augen geschlossen, als wir durch das Portal traten. Ein komisches Kribbeln und ein leichtes Brennen machten sich in mir breit. Erst nachdem dieses unangenehme Gefühl nachgelassen hatte, öffnete ich langsam meine Augen und sah mich etwas um. Wir befanden uns in einem kleinen Raum, welcher genauso aussah wie der, den wir eigentlich verlassen hatten. Hat das Portal etwa nicht mehr funktioniert? Waren wir zu spät hindurchgetreten?

Mit zitternden Gliedern sah ich mich in dem feuchten, dunklen Raum um.

»Zy? Zyran?«, flüsterte ich mit ängstlicher Stimme.

Wo war er hin?

»Nadia? Jade? Fynn?«, rief ich etwas lauter, doch außer mir befand sich niemand in dem Raum. Wo sind denn alle? Tränen der Angst brannten in meinen Augen. *FUCK!*

FUCK! FUCK! War ich etwa als einzige nicht durch das Portal gekommen?

»ZYRAN?!«, schrie ich, so laut ich nur konnte.

Ich stürmte auf die Tür zu, durch welche wir gekommen waren, und riss sie, ohne weiter darüber nachzudenken, auf. Allerdings musste ich feststellen, dass dies nicht mehr das Schloss der dunklen Seelen war. Grüne Flammen hingen in der Luft. Es war wärmer und die Wände sahen anders aus. Irgendwie ... verschwommen. *Irgendetwas stimmte hier ganz und gar nicht.*

Vorsichtig trat ich aus dem Raum. War ich etwa doch in der Hölle? Aber wieso wurde ich dann dieses komische Gefühl nicht los, dass hier irgendetwas nicht stimmte. Dieses Gefühl wurde immer stärker, fing an, sich in meine Venen zu brennen. Ich wollte schreien. So laut ich nur konnte, doch irgendetwas hinderte mich daran.

»Zyran?«, probierte ich es erneut, meine Stimme nicht mehr als ein zittriges Flüstern. »Ist hier jemand?«

Vorsichtig trat ich weiter in den Gang und sah mich nach wie vor um. Angestrengt kniff ich meine Augen zusammen und versuchte, das Ende des Ganges zu erkennen. *Verlor ich nun vollkommen den Verstand? Wieso war es hier so dunkel? Wieso sah ich alles nur verschwommen?*

Der Gang verschwand in einem schwarzen Nebel, welcher mir die Sicht trübte. Derweil kroch mir wiederholt der Angstschweiß den Rücken hinab. Ruckartig drehte ich mich herum, doch auch auf der anderen Seite konnte ich das Ende nicht entdecken.

Verdammt, was geschieht hier nur?

Verzweiflung breitete sich in mir aus und dazu wurde das komische Gefühl in mir langsam unerträglich. Ein heißes Brennen zog sich durch meine Glieder, weiter durch meine Venen, hinein in mein Herz und direkt in meinen Kopf.

Ich wollte schreien, es tat so verdammt weh! Vor Schmerzen ging ich in die Hocke, Tränen brannten in meinen Augen. Fest griff ich mit meinen Händen an die Seiten meines Kopfes. *Bei Jorun es soll aufhören!*

Der Schmerz fing an, mich zu zerreißen. Ich glaubte zu explodieren. Ich werde sterben! Und endlich, endlich hatte ich das Gefühl, ich könnte wieder schreien und genau das tat ich auch! So laut ich konnte, bis ich der Überzeugung war, dass es meine Kehle ebenfalls in Stücke zerriss. Ich schrie, so laut wie ich noch nie zuvor in meinem Leben geschrien hatte.

KAPITEL 26

- ZYRAN -

»Was ist mit ihr?«, fragte Nadia und kniete weinend neben dem bewusstlosen Körper von Evelyn.

»Ihr geht es gut«, versuchte sie Fynn zu beruhigen.

»Gut? GUT?! Willst du mich eigentlich komplett verarschen? Sieht das für dich gut aus? Meine beste Freundin liegt hier vollkommen bewusstlos auf dem Boden und das seit über fünf Minuten und keiner von euch Idioten unternimmt irgendetwas dagegen!«

»Wir können nichts unternehmen«, flüsterte ich und strich Evelyn eine Haarsträhne aus dem Gesicht.

»Wieso? Wieso, verdammt? Du hast ihr bisher immer helfen können?!«, schrie Nadia aufgebracht. »Du hast ihr das angetan. Du hast sie hierher gebracht, du bist schuld, wenn sie stirbt!«

»Sie wird nicht sterben, Nadia«, sagte ich, ohne meine Augen von Evelyn abzuwenden.

»Ach nein? Dann sagst du, es wäre normal, wenn jemand so lange bewusstlos ist?«

»Für eine Hexe oder einen Nichtmagier, wäre es nicht normal und definitiv schlimm, doch nicht für eine dämonische Halbgöttin.«

Nadia schnaubte laut, bevor sie sich anschließend wieder neben mich und neben den Kopf ihrer besten Freundin kniete. »Dann sag mir, was hier los ist«, flüsterte sie.

»Evelyn hat ohne jegliches Training von ihrem Dämon die Hölle betreten. Ihr Dämon wurde hier geboren, doch sie kann sich daran nicht mehr erinnern. Als sie durch das Portal ging, hat sich ihr Dämon für kurze Zeit von ihrem Körper getrennt. Sie kam ohne einen Blutschwur in mein Reich, ihr Dämon versucht, sich aus meinem Reich zu kämpfen, da es sich für ihn anfühlt, als würde ihm die Haut vom lebendigen Leibe gerissen werden. Normalerweise kann keiner mein Reich ohne diesen Schwur betreten. Evelyn muss ihren Dämon dazu bringen, wieder in ihren Körper zurückzugehen, denn sonst wird sie für immer bewusstlos vor uns liegen und in einer Art Zwischenwelt gefangen sein.«

»Sie weiß aber nichts davon, oder?«

Ich schüttelte meinen Kopf.

»Wieso hast du ihr nichts davon erzählt?«

»Ich konnte nicht.«

»Du konntest nicht? DU KONNTEST NICHT?! DU MIESE KLEINE RATTE!«

Nur im Augenwinkel sah ich, wie sie aufsprang und auf mich losgehen wollte. Allerdings stoppte ich ihre Handlung mit einem einzigen Wink. Wie bereits bei unserer ersten Bewegung ließ ich sie erstarren. Ich spürte ihre Wut, auch ohne dass ich ihre Gedanken hätte lesen müssen. »Es ist ein geschriebenes Gesetz in der Hölle, selbst wenn ich es gewollt hätte, hätte ich Evelyn nichts erzählen können. Ich wollte und will ihr nichts Böses, diese Aufgabe muss sie allein bewältigen.«

»Sie wird das schaffen, Nadia. Sie ist stark, das wissen wir alle!«, flüsterte Jade ihr zu.

Langsam löste ich den Zauber auf und erneut ließ sie sich neben mir auf die Knie fallen.

»Eve komm zurück …«, flüsterte Nadia leise.

»Was geschieht mit ihren Haaren?«, hörte ich plötzlich Fynn fragen.

Sofort blickte ich auf, genauso wie Nadia und Jade.

Es geschah.

Ich konnte mich noch genau an jene Nacht erinnern, als ich ihr die Kapuze vom Kopf riss. Ihr Haar war platinblond. Nicht weiß. Zu dieser Zeit lag noch ein Stich ihres kindlichen blonden Haares darin. Doch nun …

vorsichtig nahm ich eine Strähne zwischen meine Finger und sah auf das strahlende Weiß hinab. Kein Blond war mehr zu sehen, ihre Haare waren nun vollkommen weiß und ein leichter Glanz hatte sich darüber gelegt. *Es war so weit.*

Ein lautes Einatmen war zu hören und sofort wandte ich meinen Blick von Evelyns Haaren auf ihr Gesicht. Ihre Lippen öffneten sich leicht und danach auch schon ihre Augen. Das Ozeanblau war verschwunden. Ihre Augen leuchteten in einem strahlenden Eisblau und darin spiegelten sich tausende kleine Sternensplitter.

»Die Engel mögen mir beistehen«, flüsterte Nadia, als sie etwas vor Evelyn zurückwich. Ich dagegen beugte mich weiter zu ihr nach vorn und bestaunte ihre neugewonnene Schönheit.

Sie war schon davor wunderschön, doch nun, nachdem sie ihre wahre Gestalt erlangt hatte, war ihre Schönheit vollkommen. *Endlich ist es vollbracht!*

Kapitel 27

- Evelyn -

Dank Zyrans Stimme fand ich in meinen Körper zurück. Dank ihm wusste ich, was ich tun musste, um nicht in der Zwischenwelt gefangen zu bleiben. Nachdem ich meinen Körper berührt hatte, geschah alles wie von selbst und als ich aufwachte, fühlte ich mich, als wäre ich gerade gestorben und wieder von den Toten auferstanden.

Meine Glieder fühlten sich schwer an, als ich mich versuchte aufzurichten. Eine Hand legte sich sanft auf meinen Rücken und erst jetzt bemerkte ich die bekannten Gesichter vor mir. Zyran war derjenige, der mich mit seiner Hand etwas stützte. Fynn stand hinter Nadia, welche mich ängstlich anstarrte. Besorgt runzelte ich die Stirn.

»Nadia?«, flüsterte ich und streckte meine Hand nach meiner besten Freundin aus. Ein stechender Schmerz durchfuhr mein Herz, als sie leise keuchte und noch weiter nach hinten rutschte.

»Das wird wieder«, flüsterte Zyran leise nah an meinem Kopf, sodass es nur ich hören konnte.

Ich hoffte ehrlich, er hatte recht, denn das würde ich nicht ertragen, wenn meine beste Freundin Angst vor mir hätte.

»Du siehst wunderschön aus«, hauchte Zyran sanft in mein Ohr. Eine Gänsehaut breitete sich auf meiner Haut aus, als ich meinen Blick langsam von Nadia nahm und stattdessen in seine intensiven smaragdgrünen Augen sah. *Leuchteten sie etwa noch mehr als zuvor? Oder bildete ich mir das nur ein?*

»Ich bin in meinem Reich, dort steht mir mehr Magie zur Verfügung, du bildest es dir nicht ein«, flüsterte er.

»Daran, dass du meine Gedanken lesen kannst, werde ich mich wohl nie gewöhnen«, murmelte ich und starrte weiter wie hypnotisiert in seine strahlenden Augen. *Bei Jorun, dieser Mann war wirklich atemberaubend.*

Nadia hatte den Schock mittlerweile etwas verarbeitet und stand nun mit mir in dem von Zyran zugewiesenen Zimmer vor einem Spiegel. Mein Mund klappte auf, als ich mich selbst darin sah und kaum wiedererkannte. *War das wirklich ich?*

Von den blonden Verläufen in meinem Haar war nichts mehr übrig. Es war von oben bis unten komplett weiß – strahlend weiß! Meine Augen hatten nun eine genauso unnatürliche Farbe angenommen wie Zyrans Augen, nur dass meine eisblau strahlten. Noch dazu hatte mir Jade ein Kleid zurechtgelegt, welches mein auffälliges Aussehen nur noch einmal mehr unterstrich. Es war dunkelblau und darin waren kleine weiße Diamanten eingenäht, die aussahen wie kleine Sterne. Mein Kleid glich einem klaren Nachthimmel. Es war wunderschön! Auch hatte Jade mir meine braunen, abgetragenen Stiefel weggenommen und sie gegen nagelneue schwarze ausgetauscht.

»Du siehst aus wie eine Königin«, flüsterte Nadia und schenkte mir ihr warmes Lächeln.

»Vergiss es! Sie sieht aus wie eine verdammte Göttin«, ertönte Fynns Stimme. Gleichzeitig drehten Nadia und ich uns zur Tür um und blickten zu dem schönen Mann, welcher sich an den Türrahmen gelehnt hatte, und die Arme verschränkt hielt.

»Danke Fynn«, murmelte ich leicht verlegen durch die vielen Komplimente. Wie automatisch huschte mein Blick zu meiner besten Freundin und ich musste mir beinahe ein Grinsen verkneifen. *Bei Jorun, so wie es aussieht, ist mir wohl was ziemlich Wichtiges entgangen.*

Als ich nämlich zu ihr sah, bemerkte ich sofort ihre geröteten Wangen und den leicht verruchten Blick, mit welchem sie Fynn ansah. Doch als ich dann wieder zu diesem sah, musterte auch er sie mit intensiven Blicken. Allerdings, so intensiv sein Blick auch war, die Wärme, welche er darin ausstrahlte, brachte die ganze Situation noch einmal auf ein ganz anderes Level. Ich hatte eindeutig etwas verpasst, das Knistern zwischen ihnen war so stark, dass man es beinahe hören konnte. Anscheinend musste ich mal nach langer Zeit ein Beste-Freundinnen-Gespräch abhalten.

»Es würde Abendessen geben. Zyran ließ mich euch holen«, sagte er plötzlich und riss damit nicht nur mich aus meinen Gedanken.

»Gib uns noch zehn Minuten, Fynn. Nadia muss sich auch noch umziehen«, antwortete ich. Mit einem liebevollen Lächeln nickte er und trat dann ohne ein weiteres Wort aus dem Zimmer.

»Läuft da was zwischen euch beiden?«, fragte ich sie geradeheraus. Entsetzt drehte sich Nadia zu mir um, die gerade dabei war sich auszuziehen.

»Was? Nein!«

Ich schmunzelte. »Bist du dir da ganz sicher? Ich habe doch eure Blicke gesehen.«

»Dann hast du falsch gesehen. Ich kann diesen nervigen Köter nicht ausstehen.«

»Klar!«, waren meine letzten Worte, bevor Nadia das Gespräch beendete.

Schnell zog sie sich ihre neue Kleidung an. Es handelte sich um ein waldgrünes Kleid, das von der Form her meinem etwas ähnelte. Nadias war ein wenig schlichter und die neuen Stiefel, die sie bekommen hatte, waren dunkelgrau. Ihr langes Haar rieselte in sanften Wellen ihre Schultern hinab und ließ sie ebenfalls wie eine Prinzessin wirken.

»Du siehst umwerfend aus.«, gab ich freudig zu.

»Danke Eve.«, antwortete sie und dann liefen wir auch schon gemeinsam aus meinem Zimmer und machten uns mit Fynn auf den Weg zum Speisesaal.

KAPITEL 28

- C -

Ohne Zyrans Reich zu betreten, beobachtete ich sie durch das Fenster in ihrem Zimmer. *Evelyn.* Ein wunderschöner Name, für eine wunderschöne Frau. Ich stand auf einem Hügel, etwa zweihundert Meter von Zyrans Schloss entfernt, und dank dämonischer Fähigkeiten sah ich sogar aus dieser Entfernung, dass sich ihr Dämon befreien konnte. Das leichte Schimmern um sie zeigte jedoch, dass dieser wild und untrainiert war.

Wenn Zyran schlau war, würde er so bald wie möglich anfangen, sie zu trainieren, sonst wäre sie für die Monster in der Hölle ein leichtes Ziel. Ein Dämon, der mit seinem Dämon nicht verbunden war, war wie ein kostenloses Ticket direkt in den Tod.

Sie starrte in einen Spiegel und obwohl ich nicht die Gabe besaß, ihre Gedanken lesen zu können, wusste ich, woran sie dachte. Sie erkannte sich selbst nicht wieder.

Wusste nicht, ob sie sich freuen, oder Angst empfinden sollte. Verstand nicht, was diese Veränderung alles mit sich brachte.

O Evelyn, du ahnungsloses, unschuldiges Ding. Du hast ja keine Ahnung, was noch alles auf dich zukommen wird. Doch ich wusste, was als Nächstes kommen würde ... ich.

Ich musste sie endlich kennenlernen. Offiziell und ohne jegliches Hindernis zwischen uns.

Mit angespannten Muskeln sah ich dabei zu, wie sie zusammen mit Nadia hinaus zu Fynn trat. *Schon bald, mein kleiner Dämon, werden wir uns sehen. Schon bald werde ich bei dir sein, dann kann uns keiner mehr trennen, denn dafür werde ich sorgen!*

Unauffällig lief ich den Hügel entlang und beobachtete die drei durch die Fenster, bis sie schließlich durch eine große Doppeltür traten und ich sie nicht mehr sehen konnte.

»Shawn! Bring mir Papier und Tinte. Ich muss einen Brief schreiben«, rief ich meinem Lakaien zu, welcher mit einem Nicken sofort losstürmte.

Mit einem teuflischen Grinsen im Gesicht schob ich meine Hände gelassen in meine Hosentaschen und lief anschließend gemächlich hinter dem rennenden Jungen her.

Sobald ich mich an den Schreibtisch meines Arbeitszimmers gesetzt hatte, kam Shawn auch schon zu mir und reichte mir ein schwarzes Stück Papier und rote Tinte, die aus dem Blut meiner Opfer bestand.

Ich nahm meine Feder zur Hand und schrieb, ohne den Stift einmal zu pausieren, einen kleinen Text an den Herrscher des Reiches der dunklen Seelen. *O Evelyn, schon bald wirst du mir gehören!*

Sobald ich meine Unterschrift auf das Papier gesetzt hatte, stand mein Lakai wieder bei mir und nahm mir den Zettel ab.

»Reise zu ihm und gib ihm den Brief persönlich. Ich möchte noch heute eine Antwort haben.« Erneut nickte Shawn fest und huschte dann auch schon mit schnellen Schritten aus dem Zimmer. Ich schnaubte verächtlich. *Niedere Dämonen, was ein Abschaum. Was Zyran an seiner Jade so besonders fand, verstehe ich bis heute nicht.*

Doch zumindest machten sie ihre Arbeit richtig, schließlich würden sie sterben, sollte man sie aus einem Reich verbannen. Ein niederer Dämon ohne Herrscher war Freiwild und wurde meist als Futter für die Höllenhunde angesehen.

Langsam stand ich von meinem Schreibtisch auf und ging auf das Fenster in meinem Büro zu. Ich starrte gemächlich hinaus und beobachtete Shawn dabei, wie er langsam auf die schwarzen Hügel zuraste, hinter welchen sich Zyrans Reich befand. *Beeil dich Shawn, ich fange bereits an, ungeduldig zu werden ...*

KAPITEL 29

- EVELYN -

Nachdem wir alle zusammen gegessen hatten, bat mich Zyran noch auf ein Wort in sein Zimmer. Zuerst war ich tatsächlich am überlegen, seine Bitte einfach zu ignorieren, entschied mich dann aber dagegen und war nun auf dem Weg. Nachdem ich kurz angeklopft hatte und er mich anschließend hineingelassen hatte, machte sich bereits leichtes Unbehagen in mir breit. Vielleicht wäre es doch besser gewesen, wenn ich seine Aufforderung einfach ignoriert hätte.

»Wieso hast du mich sprechen wollen?«, fragte ich Zyran, um die Stille zu durchbrechen. Sofort richteten sich seine strahlenden Augen auf mich. Wie so oft zogen sie mich augenblicklich in ihren Bann und ich wagte es nicht, wegzusehen.

»Ich möchte mich bei dir entschuldigen, Evelyn«, sprach er mit fester Stimme.

Ich fing an, seine Gesichtszüge zu studieren, doch ich fand darin nicht die kleinste Regung, die auf eine Lüge hindeuten könnte.

»Ich habe mich wirklich daneben benommen beim Training und das tut mir leid. Ich weiß nicht, was in dem Moment mit mir los war.«

Vorsichtig machte er einen Schritt auf mich zu. Nur noch wenige Zentimeter trennten uns voneinander. Schwer schluckte ich, als ich zu ihm aufsah.

»I-Ist schon in Ordnung«, stotterte ich vor mich hin. *Bei Jorun, wieso machte mich seine Nähe immer so fucking nervös?*

Hitze breitete sich auf meinen Wangen aus, als er seine Hand an meine rechte Wange legte und sanft seinen Daumen über meine Haut gleiten ließ. »Du siehst wunderschön aus. Das Übernatürliche steht dir, meine Liebe.«

Mein Mund wurde ganz trocken, während ich seinen Blick, welcher immer wieder zwischen meinen Augen und meinen Lippen hin und her wanderte, nachahmte. Bevor ich die Gelegenheit gehabt hätte, ihm auf sein Kompliment zu antworten, beugte er sich langsam zu mir nach unten und legte dann auch schon seine Lippen auf meine.

Genießerisch schloss ich meine Augen. Vergessen waren der Streit und das komische Gefühl. Zuerst war der Kuss sanft und liebevoll, er genoss meine Lippen in vollen Zügen. Doch so schnell diese liebevolle Art auch gekommen war, so schnell war sie auch schon wieder verschwunden. Der Kuss wurde immer stürmischer und fordernder und obwohl ich die anfängliche Sanftheit mochte, mochte ich seine raue und harte Art noch mehr! *Verdammt.*

Unbarmherzig stieß er seine Zunge in meinen Mund und forderte meine zu einem heißen Kampf auf. Seine Hand, welche bis vor wenigen Sekunden noch auf meiner Wange gelegen hatte, ließ er nun in meinen Nacken gleiten und packte diesen fest. Ohne jegliche Zurückhaltung zog er mich daran näher zu sich und entriss mir die Möglichkeit, mich von ihm lösen zu können. Nicht, dass ich es überhaupt wollte. Entschlossen legte ich meine Arme um seinen Hals und zog ihn noch näher zu mir. Als ich dann eine Hand in sein Haar gleiten ließ und fest daran zog, verließ seine Lippen ein leises Knurren. Das Geräusch vibrierte in meinem Mund und schoss mir direkt in den Unterleib. *Verflucht, dieses Mal werde ich das Ganze nicht mehr unterbrechen, komme was wolle!*

»Ich will dich, Zyran«, schnurrte ich erregt und hoffte, ich konnte es ihm wirklich per Gedankenkontrolle mitteilen. Als er erneut laut gegen meinen Mund knurrte, wusste ich, er hatte mich gehört.

»Bist du dir sicher?«, summte seine Stimme in meinem Kopf.

Wer hätte einmal gedacht, dass mein erstes Mal so aussehen würde? Mit einem in Gedanken geführten Gespräch. »JA.« Ohne zu überlegen, teilte ich ihm meine Antwort mit, denn obwohl er für mich noch immer ein Fremder war, wollte ich das mit ihm. Ich wollte ihn, und zwar jetzt und auf jede erdenkliche Weise. Denn in diesem Moment fühlte sich das moralisch Falsche einfach einmal richtig an!

Während Zyran damit begann, die Schnüre auf meinem Rücken zu lockern, fing ich damit an, ihm sein schwarzes Hemd zu öffnen. Knopf für Knopf stieg meine Erregung. Schnürung für Schnürung wuchs auch seine Erregung. Fester presste ich mich an ihn und spürte sofort seine eiserne Männlichkeit an meinem Bauch. Leise stöhnte ich gegen seine Lippen, was ihn schmunzeln ließ. *Arroganter Idiot!*

»Dass du selbst in dieser Situation noch fluchen kannst, nehme ich mal als gutes Zeichen.« Seine Stimme in meinem Kopf, ließ mich beinahe verrückt werden. Es fühlte sich noch viel intimer an. So intim, dass ich beinahe allein durch seine Stimme zum Orgasmus kommen könnte. Ein leichtes Schmunzeln legte sich auf seine Lippen, das spürte ich sofort.

Als ich endlich den letzten Knopf seines Hemdes geöffnet hatte, riss ich es ihm ungeduldig vom Körper. *Shit, ich musste ihn sehen!*

Ich löste unseren Kuss auf und trat einen winzigen Zentimeter zurück. Mein Herz blieb beinahe stehen und das Wasser lief mir wortwörtlich im Mund zusammen. Sein kompletter Oberkörper bestand aus Muskeln. Länger als es für mich gut war, starrte ich auf seinen definierten Sixpack hinab. Seine Haut strahlte in einem goldbraunen Ton und war vollkommen makellos. *Was hast du bitte erwartet, Evelyn? Er ist ein Dämon. Verführung gehört zu ihren größten Stärken und zu ihrer größten Sünde, welcher die meisten verfallen. So auch ich.*

Als ich es dann endlich schaffte, meinen Blick von seinem atemberaubenden Körper zu nehmen, um ihm wieder in die Augen zu sehen, verschlug es mir erneut die Sprache. Wie auch an dem Abend, als er mich aus dem Kloster befreit hatte, loderten kleine Flammen in seinen leuchtenden smaragdgrünen Augen.

»Deine tun es ebenfalls«, raunte er. Fragend sah ich ihn an, verstand nicht, was er meinte. Mit dem Hauch eines schiefen Lächelns, drehte er mich sanft an den Schultern um, so dass ich direkt in einen Spiegel starrte. Langsam ließ ich meinen Blick von seinen Augen zu meinen wandern und dann verstand ich endlich, was er meinte. Laut schnappte ich nach Luft. Meine Augen leuchteten in einem hellen Blau und auch in meinen tanzten kleine blaue Flammen.

»Sie zeigen meist unsere Wut oder Erregung.« Seine Stimme triefte vor Erregung. Seine Augen leuchteten also nicht aus Wut.

Während ich konzentriert unsere Augen in dem Spiegel studierte, machte sich Zyran wieder daran, mein Kleid weiter zu öffnen. Ich war so gebannt von den leuchtenden Farben, dass es mir erst auffiel, als mir der dunkelblaue Stoff langsam an meinem Körper hinab glitt. Kühle Luft streifte meine nackte Haut und sofort richteten sich meine Brüste auf und eine Gänsehaut bedeckte meinen Körper. Nur noch ein hauchdünner Slip bedeckte meine intimste Stelle, während Zyran mit einer flüchtigen Handbewegung meine Schuhe verschwinden ließ. Sachte legte er seine Hände von hinten auf meine Taille und sah mir durch den Spiegel fest in die Augen.

»Bevor wir weitermachen, solltest du noch etwas wissen«, hauchte er. Ich runzelte fragend die Stirn, was ihn dazu brachte, weiterzusprechen. »Wenn wir diesen Schritt tun werden, wird sich einiges ändern. Intimität bei Dämonen ist anders als bei Hexen. Wir werden wild und verfallen in eine Art Rauschzustand. Wir wollen immer mehr, werden eifersüchtig und ein wenig besitzergreifend.« Seine Stimme war so ruhig, dass sich seine Worte eher wie ein Gedicht, als wie eine Warnung anhörten.

»Also sag mir Evelyn, bist du dir noch immer sicher?«, vergewisserte er sich nochmals.

KAPITEL 30

- EVELYN -

Und obwohl mir seine Worte Sorgen bereiten sollten, nickte ich erneut, ohne auch nur eine Sekunde lang zu überlegen.

Mit einer schnellen und flüssigen Bewegung wirbelte er mich wieder zu sich herum. Ich quiekte erschrocken auf und stützte meine Hände an seiner Brust ab. Wiederholt presste er seine Lippen hart auf meine. Während unsere Zungen einen wilden Kampf führten, dirigierte Zyran mich langsam in Richtung seines Bettes. Ich stöhnte leise in seinen Mund, als meine Kniekehlen an den Rand seines Bettes stießen. Dieses Mal war Zyran derjenige, der unseren Kuss unterbrach. Mit einer schnellen Bewegung stieß er mich in sein Bett und ich landete mit einem schockierten Laut in den weichen, schwarzen Laken. Sein charmantes, schiefes Grinsen erschien wieder auf seinen Lippen, als er auf mich hinab blickte und mich mit seinen

Augen verschlang. *Bei Jorun, ich habe mich noch nie so begehrt gefühlt wie in diesem Moment!*

Wie gebannt starrte ich den attraktiven Mann vor mir an. Heiße Wellen schossen mir zwischen die Beine, als ich ihm dabei zusah, wie er sich langsam seine Hose auszog. Auch er war nun nur noch in Shorts bekleidet.

Mit feurigem Blick kam er zu mir aufs Bett und beugte sich über mich. Knapp drückte er mir einen Kuss auf den Mund, bevor er seine Lippen an meinen Hals legte. Ein leises Stöhnen entfuhr mir. Ich drehte meinen Kopf auf die andere Seite, um ihm mehr Platz zu machen. Zuerst hauchte er mir nur sanfte Küsse darauf, bis er immer grober vorging. Er biss und saugte an meinem Hals, immer wieder durchfuhr mich erregender Schmerz, welcher mir sofort zwischen die Beine sprang. Als Entschuldigung leckte er zwischendurch über meine gereizte Haut. Das gleiche machte er an meinen Brüsten, nur dass er nun auch noch seine Hand mit dazu nahm.

Während er meine rechte Brust mit dem Mund bearbeitete, widmete sich seine Hand meiner anderen. Fest zwickte er in meine Brustwarze, zwirbelte sie und ließ anschließend seine warme Zunge darüber gleiten.

Das Ganze wiederholte er ein paar Mal, bis er sich schließlich wieder etwas aufrichtete. Er blieb zwischen meinen Beinen sitzen, während er mir nun meinen Slip auszog. Seine bereits strahlenden Augen würden wohl jeden Moment Feuer fangen. *Scheiße war das heiß!*

Als sich Zyran dann allerdings in Richtung meiner Mitte hinabbeugte, bekam ich doch ein leicht mulmiges Gefühl.

Entsetzt presste ich meine Beine zusammen. »W-Warte … was machst du da?«

Mit einem warmen, liebevollen Lächeln sah er wieder zu mir auf. Sachte legte er seine Hände auf meine Knie und drückte meine Beine mit sanfter Gewalt wieder auseinander.

»Entspann dich einfach, Kleines. Es wird dir gefallen, versprochen.«

Ich schluckte den Kloß in meinem Hals hinab und versuchte, meine verkrampften Beine etwas zu lockern. Tief atmete ich einmal durch.

»Sollte es dir nicht gefallen, werde ich sofort aufhören, ich verspreche es dir. Und jetzt … entspann dich, Evelyn.«

Immer mehr entspannten sich meine Muskeln wieder. Ich vertraute ihm und sah dabei zu, wie er meiner Mitte immer näherkam. Ich stöhnte erschrocken und krallte meine Hände fest in die Laken, als ich plötzlich seine heiße Zunge auf meiner pochenden Mitte spürte. Mit kreisförmigen Bewegungen umrundete er meine Klit mit seiner Zunge. »VERDAMMT! O FUCK!«, schrie ich stöhnend. Tränen der Überforderung lösten sich aus meinen Augenwinkeln, als er schließlich noch mit einem Finger tief in mich eindrang. »Shit«, keuchte ich laut. Haltsuchend griff ich nach unten zu ihm und verankerte meine Finger in seinem Haar. Ich zog fest daran und drängte ihn noch näher an meine Mitte. *Verdammt, fühlte sich das gut an!*

Ich stand so kurz davor, in den heiligen Abgrund zu stürzen, als er ruckartig von mir abließ. Ich wimmerte gequält.

»Hör nicht auf«, jammerte ich gedanklich, da ich nicht mehr in der Lage war, ihm das wirklich zu sagen.

»Keine Sorge, Kleines. Wir haben gerade erst angefangen«, raunte er dicht vor meine Lippen, als er dann mit einer knappen Bewegung seiner Hand seine Shorts verschwinden ließ. Automatisch wanderte mein Blick auf seine entblößte Haut hinab. Leise hörte ich meinen Dämon in mir schnurren, als ich seine männliche Pracht erblickte. Kleine Adern zierten seinen harten Schwanz, während sich mittlerweile schon ein paar Lusttropfen auf seiner Spitze gebildet hatten. Zyran wurde wirklich vom Teufel persönlich geschaffen. Er sah atemberaubend aus, kaum in Worte zu fassen. Sein Adoniskörper war wirklich zum Anbeißen und doch wurde ich sofort wieder nervös, als ich auf seinen riesigen und breiten Schwanz sah.

Der passt doch unmöglich in mich rein. Wie sollte ich das schaffen? Vorher würde er mich doch in zwei Stücke zerreißen.

»Ich werde aufpassen.«

Diese drei Worte reichten aus, um mich wieder etwas zu beruhigen. Vielleicht vertraute ich ihm etwas zu sehr. Doch trotz der leichten Angst vor seiner Größe, wollte ich es noch immer. »Fick mich, Zyran«, flüsterte ich provokant.

Das unnatürliche Leuchten seiner Augen wurde noch heller und das Grinsen auf seinem Gesicht tauchte wieder auf. Langsam beugte Zyran sich zu mir nach unten. Sofort spürte ich seine starke männliche Pracht an meinem Bauch, doch es geschah noch nichts. Stattdessen legte er seine Lippen leicht auf die meinen. Der Kuss war liebevoll, schützend. Sanft drang er mit seiner Zunge in meinen Mund ein, saugte all die Angst, welche sich in mir befand, heraus und brachte das Feuer in mir zum Explodieren.

Ein letztes Mal sah er mir in die Augen, um sicherzu gehen, dass ich es noch immer wollte. Sobald er sah, dass ich so weit war, griff er mit seiner Hand nach seinem erregten Glied und drang dann ganz leicht in mich ein.

Allein seine Spitze dehnte mich zum Zerreißen und ich wusste nicht, wie ich es schaffen sollte, ihn ganz in mir aufzunehmen.

»Wir machen es schnell, dann ist der Schmerz schneller vorbei«, hauchte er dicht vor meine Lippen, bevor er sie auch schon wieder auf meine legte. Der Kuss gewann an Dominanz und immer wieder biss er mir leicht in meine Unterlippe. *Entspannt bleiben, Evelyn, dann tut es nur kurz weh!*

Genau in dem Moment glitt Zyran auch schon mit seinem Schwanz aus mir, nur um sich dann mit einem kräftigen Stoß komplett in mir zu versenken.

Laut schrie ich in seinen Mund. Es fühlte sich an, als würde er mich komplett zerreißen. »FUCK!«, stieß ich laut aus.

»So gut!«, knurrte Zyran und fing an, sich in mir zu bewegen. Seine Stöße waren langsam, tief und verdammt intensiv. Ich kniff die Augen zusammen, da der Schmerz unglaublich groß war. *Wie kann jemandem so etwas Spaß machen?! Das ist die reinste Qual.*

»Entspann dich, Kleines. Das geht gleich vorbei.« *Bei Jorun, wie sehr ich diesen Mann manchmal verabscheute!*

Trotzdem versuchte ich mich etwas zu lockern, öffnete für einen Moment meine Augen, nur um in seine sehen zu können. Noch immer leuchteten sie und die Wärme, die sein Gesicht ausstrahlte, ließ mich ihm sofort vertrauen.

Ich entspannte mich langsam und als Zyran dies merkte, verstärkte er seine Stöße. Er wurde schneller, härter und immer mehr verblasste der Schmerz. Während dieser immer weniger wurde, wurde die Erregung immer mehr. Ich fing an, seine Bewegungen und seine Lippen auf meinen wieder zu genießen. *Shit. Ich ändere meine Meinung! So langsam verstehe ich, was alle daran so reizvoll finden.*

Seine Zunge umspielte wieder die meine, während er eine Hand zu meiner Perle gleiten ließ. Mit seinem Daumen fing er an, kleine Kreise auf ihr zu machen, übte immer wieder leichten Druck aus und kniff mir ab und an in meine empfindliche Stelle.

Mein Stöhnen wurde immer lauter, während sein Atem sichtlich schwerer wurde.

Ruckartig löste er unseren Kuss auf. »Sieh mich an, wenn du kommst.«

Wie befohlen öffnete ich meine Augen, was sich als schwerere Aufgabe herausstellte als gedacht.

»Wunderschön«, hörte ich Zyran flüstern. »Und jetzt komm für mich.«

Kaum, dass er seine Worte ausgesprochen hatte, schossen mir mehrere Blitze zwischen die Beine. Den

Druck, welchen er mit seinem Daumen auf meiner Perle ausübte, war beinahe zu viel. Laut schrie ich seinen Namen, als der Orgasmus wie eine Welle über mich kam. Ich spürte Zyrans ungezügelte Stöße in mir, bis auch er wenige Sekunden später, brüllend zum Ende kam.

Mit schwerem Atem rollte er sich neben mich. Lange Sekunden starrten wir an die dunkle Decke und sagten kein Wort. Doch es war nicht unangenehm. Während sein Samen langsam aus mir herauslief, wagte ich einen Blick zu ihm.

Mit einem breiten Grinsen sah er nun ebenfalls zu mir. Wie ich es schon oft bei ihm gesehen hatte, machte er auch nun wieder eine flüchtige Bewegung mit seiner Hand.

»Lass mich dich säubern«, raunte er verführerisch.

Als könnte ich da nein sagen.

In seiner Hand hatte er ein Handtuch, mit welchem er nun vorsichtig über meine überreizte und empfindliche Mitte strich. Nachdem er mich gesäubert hatte, legte er vorsichtig eine dünne Seidendecke über uns, die mitternachtsblau schimmerte.

»Komm her«, forderte er und deutete zu sich. Er lag mittlerweile auf der Seite zu mir gewandt. Auch ich drehte mich nun zu ihm auf die Seite und rückte näher. Bettete meinen Kopf an seiner Brust.

Tief atmete ich seinen maskulinen Geruch ein, schloss dabei für einen Moment die Augen. *Er war wirklich die reine Verführung.*

»Wie fühlst du dich?«, fragte er schließlich. Er hatte seine Arme um mich gelegt und strich mir sanft über den Rücken. Erneut hätte ich schwören können, meinen Dämon schnurren zu hören. Ob das normal war? »Gut. Es war … wunderschön«, nuschelte ich gegen seine Brust. Leise kicherte er. »Das fand ich auch.«

Mit gerunzelter Stirn drückte ich mich etwas von ihm, um zu ihm aufsehen zu können. Seine Arme lagen noch immer um mich, während auch er auf mich hinabsah.

»Wieso hast du mir die Kleidung eigentlich ausgezogen und mich dich ausziehen lassen? Bei unseren Schuhen zum Beispiel hast du auch Magie angewendet.«

Zyran schmunzelte leicht. »Wo bliebe denn da die Romantik? Aber von jetzt an können wir uns der Kleidung gern auf anderem Wege entledigen.«

Röte schoss mir in die Wangen. Ich sah es ihm an. Das meinte er vollkommen ernst.

KAPITEL 31

- EVELYN -

Sanfte Küsse rissen mich aus meinem Schlaf. Ich öffnete vorsichtig meine Augen, um nicht von der Sonne geblendet zu werden. Doch schnell kamen alle Erinnerungen wieder … wir befanden uns in der Hölle, dort gab es keinen Sonnenschein. Ich öffnete also meine Augen und blickte direkt in die von Zyran. Er hatte sich über mich gebeugt und sanfte Küsse auf meinem Hals verteilt. Ein leichtes Pochen machte sich zwischen meinen Beinen bemerkbar.

»Was hältst du von einem entspannten Training? Fangen wir mit deinem Dämon an, er hat im Moment Vorrang, und um deine Magie kümmern wir uns danach.«

»In Ordnung«, flüsterte ich, da ich nicht genau wusste, was ich sagen und tun sollte. Gut möglich, dass es eine schlechte Idee war, doch im Moment war ich viel zu glücklich, um an negative Dinge denken zu können.

Mit einem breiten Lächeln im Gesicht hauchte er mir einen Kuss auf meine Lippen. Bevor er sich von mir entfernen konnte, legte ich meine Arme um seinen Hals und zog ihn wieder zu mir hinab. Mit einem brennenden Verlangen presste ich meine Lippen auf seine, was ihn leise kichern ließ.

Sanft ließ er seine Zunge über meine geschlossenen Lippen gleiten und bat um Einlass. Ich zögerte nicht, als ich meine Lippen öffnete und er mit seiner Zunge meine umspielte.

Mit einem schiefen Lächeln im Gesicht löste er sich nach wenigen Sekunden von mir. »Wir sollten uns anziehen und frühstücken gehen, denn wenn wir jetzt weitermachen, kann ich dir nicht mehr versprechen, ob wir das Zimmer heute noch verlassen werden.«

Nun musste ich auch leicht schmunzeln. Seine Worte klangen sehr verführerisch.

»Wieso sollten wir meinen Dämon trainieren, wenn wir auch etwas anderes trainieren könnten?«, fragte ich ihn in Gedanken. *Ob er mich gehört hatte?*

»Habe ich, Kleines. Beinahe schon perfekt.« In seinem Blick spiegelte sich reiner Stolz. Ein warmes Gefühl machte sich in mir breit. Noch einmal drückte er mir einen sanften Kuss auf die Lippen, bevor er sich über mir erhob und aus dem Bett stieg.

Mir stockte der Atem, als ich seinen nackten Oberkörper sah. Seine definierten Bauchmuskeln, sein trainierter Rücken und verdammt, selbst sein Hintern war einfach nur göttlich!

Röte schoss mir in die Wangen, als ich ihn leise lachen hörte. Shit, er hatte es gehört.

»Komm schon, Evelyn. Anziehen, wir wollen trainieren«, lenkte er vom Thema ab, da uns beiden sein harter Schwanz nicht entgangen war. Nun stand auch ich von seinem Bett auf und seit langem hatte ich mich nicht mehr so frei und glücklich gefühlt wie in diesem Moment.

Ich zog mir eine braune Stoffhose und ein weißes Hemd an, die eigentlich passende Kleidung zum Trainieren. Zyran dagegen zog sich einen komplett schwarzen Anzug an, nur seine smaragdgrün leuchtende Kette stach bei seinem Outfit hervor. Sein langes Haar hatte er mit einer knappen Bewegung wieder in Ordnung gebracht. Bei Jorun, ich war wirklich neidisch auf seine Fähigkeiten.

»Du wirst es auch lernen, Liebes. Kein Grund, neidisch zu sein.«

Als wäre es das Selbstverständlichste der Welt, griff er nach meiner Hand und ging anschließend Hand in Hand mit mir aus seinem Zimmer.

Als wir im Esszimmer ankamen, starrten uns alle an. Mit alle meinte ich Nadia, Fynn, Jade und alle Bediensteten in diesem Raum.

»Ihr habt es also endlich getan?«, kam es als erstes von Fynn. Er lachte laut auf, bis ihm Jade ihren Ellenbogen in die Rippen stieß. Laut fing Fynn an zu husten, versuchte sein Lachen zu kaschieren.

»Wir freuen uns für euch«, versuchte Jade Fynns Spruch zu retten.

Während ich mich mit roten Wangen auf meinen Platz neben Nadia setzte, fing Zyran ebenfalls breit zu grinsen an.

Ich musste mich nicht bemühen, ihre Gedanken zu lesen, ich wusste genau, dass sich die beiden gerade stumm über die letzte Nacht unterhielten. Ich sah es an Zyrans leicht leuchtenden Augen und an Fynns immer breiter werdendem Grinsen.

»IDIOTEN!«, schrie ich beiden in Gedanken zu.

Es musste funktioniert haben, da mich beide nun anblickten. Intensiv und ohne jegliche Scheu. »Du lernst schnell, Prinzessin«, kam es kichernd von Fynn und er kassierte einen weiteren Schlag von Jade.

»Klappe jetzt! Wir sollten essen. Zy und Evelyn sollten so schnell wie möglich mit dem Training anfangen. Du kannst sie auch danach noch ärgern, wenn du es dich dann noch traust.« Fynn verdrehte nur die Augen, tat jedoch, was Jade ihm gesagt hatte.

KAPITEL 32

- KLAYRA -

✳

1 WOCHE VOR MEINEM TOD

Der Plan war idiotisch. Bei Jorun, dieser Plan war zum Scheitern verurteilt! Doch, was blieb mir für eine Wahl?

Schwermütig sah ich zu dem jungen Mädchen, welches mittlerweile eine junge Frau geworden war. Achtzehn Jahre alt, in weniger als drei Monaten würde sie schon neunzehn werden und in knapp einem Jahr würde sie sterben. So war es von den Obersten gewünscht.

Sobald sie zwanzig ist, wird ihre Magie nicht mehr zu verbergen sein. Die Dämonen würden sie riechen, sie würden kommen und versuchen, sie zu holen! Ich schluckte schwer. Aber genau das schien mir nun in die Hände zu spielen, denn wie konnte man Evelyns Tod verhindern? Genau, indem man die Dämonen bereits jetzt auf sie aufmerksam macht.

Ich hoffte nur, ich machte damit keinen Fehler. Scheiße! Ich möchte nicht, dass sie stirbt … Sie ist wie eine Tochter für mich. Ich hatte keine Ahnung, wieso ich so für sie fühlte. Womöglich, weil ich sie damals gefunden hatte …

Wieso hatte ich sie nicht einfach im Wald liegen gelassen? Hätte ich sie nur nie mitgebracht. Es war meine Schuld, dass man sie nun ermorden möchte. Ich habe ihr Todesurteil unterschrieben und nun muss ich genau das verhindern!

O Jorun, bitte lass mich keinen Fehler machen. Bitte, lass sie bei den Dämonen in Sicherheit sein!

Ich wartete, bis es im Kloster ruhiger wurde. Es war kurz vor drei Uhr, als ich mich auf den Türmen umsah. Kein Licht brannte und die Schwestern und Brüder, die mit mir Wache hielten, waren weit genug weg, damit sie mich nicht sehen konnten.

Ich musste schnell sein und mir durfte kein Fehler unterlaufen. Mit einer flinken Bewegung rief ich all meine Magie hervor und machte mich mit einem schwierigen Zauber unsichtbar. Monatelang hatte ich diesen Zauber geübt und in den letzten Wochen hatte er die meiste Zeit funktioniert.

So schnell ich konnte, rannte ich aus dem Kloster in den furchteinflößenden Wald hinein. Erst nachdem ich einige

Meter hinter mir gelassen hatte, löste ich den Zauber auf. Schwer atmend sah ich mich um. Eine Gänsehaut überzog meinen Körper.

Komm schon, Klayra! Reiß dich zusammen. Du schaffst das, du musst es schaffen.

Mit zitternden Fingern holte ich ein kleines schwarzes Buch hervor. Ich spürte die dunkle Magie, welche davon ausging. *Tief durchatmen, Klayra. Du schaffst das, verdammt!*

Ich schlug die Seite auf, auf welcher sich der Spruch zum Rufen eines Dämons befand. Das war die dümmste Idee, die ich je hatte.

Ich schloss für den Moment meine Augen und fing anschließend an, den Zauber zu sprechen. Wird schon schiefgehen.

Ich tat alles, was auf dem Papier stand, ließ nichts aus und wartete anschließend ab. Wachsam versuchte ich, meine komplette Umgebung im Auge zu behalten. Ein leichter Nebel hatte sich in den Bäumen verfangen und die finstere Nacht machte es mir auch nicht leichter. Es war bewölkt, kein Mondschein drang durch die Baumkronen. Immer wieder hörte ich es in der Ferne leicht knacken, bildete mir ein, überall Gestalten sehen zu können, doch beim genaueren Betrachten erkannte ich nur Äste oder wehendes Laub, welches auf dem Boden lag.

Ich war bereits kurz davor, aufzugeben, als ich plötzlich eine Art schwarze Rauchwolke vor mir bemerkte. Erschrocken wich ich einige Schritte zurück, starrte auf den dichter werdenden Nebel, bis er sich nach wenigen Sekunden auch schon wieder verzog und eine düstere Gestalt daraus hervortrat.

»Möchtest du sterben, Hexe, oder bist du einfach nur dämlich?«, fragte mich eine tiefe Stimme, bei der ich am liebsten aus Angst laut schreien würde. Als der Dämon aus der Dunkelheit trat, bekam ich nur noch mehr Angst. Seine Augen strahlten in einem unnatürlichen Ton, seine Gesichtszüge streng und er war verdammt groß! Alles an ihm wirkte angsteinflößend und alles an ihm strahlte die reinste Dominanz und Autorität aus.

»Ich habe dich gerufen, um einen Handel mit dir einzugehen.« Obwohl ich vor Angst zitterte, klang meine Stimme fest. Der Dämon gab ein schnaubendes Lachen von sich. Abfällig blickte er auf mich herab, als wäre ich ein minderwertiges Insekt, das ihn belästigte.

Gar nicht so abwegig, schließlich dachten wir Hexen oft das Gleiche über die Dämonen.

»Was könntest du mir bieten, Hexe?«, fragte er voller Spot.

»Ich weiß, wo sich die Tochter von Jorun aufhält.« Und von da an, hatte ich seine volle Aufmerksamkeit. Er versuchte, sein Interesse zu verbergen, doch so wirklich gelang ihm das nicht. »Die Tochter von Jorun?«

Ich nickte.

»Interessant. Doch, wer sagt mir, dass du mich nicht gerade anlügst, hm?«

»Meine Schwester wollen sie umbringen. Ich bin hier, um das zu verhindern. Ich werde dir sagen, wie du sie finden kannst.«

Ein weiteres Mal schnaubte er abfällig. »Und was hätte ich davon?«, fragte er und starrte mir intensiv in die Augen.

»Hexenblut.«

Ein teuflisches Grinsen legte sich auf seine Gesichtszüge. »Ach? Ist dem so?« Er machte eine kurze Pause, tippte sich gegen sein Kinn, als würde er überlegen. »Wessen Blut?«

»Meins.«

Nun lachte er. Lauthals. Sein Lachen klang wie das des Teufels. Düster, grausam und verdammt gruselig. »Deins?!«

»Meins«, wiederholte ich mit ernster Miene. »Ich werde mich für ihr Überleben opfern. Du bekommst mein Blut und dafür rettest du das Mädchen von den Schwestern.«

»Dir ist bewusst, dass dies ein Handel ist, der nur mir etwas nützt?«

Wieso sagte er das?

»Dessen bin ich mir bewusst, doch ich werde nicht zulassen, dass sie irgendjemanden umbringt.« Er hob eine Augenbraue und verschränkte die Hände vor der Brust. »Wer behauptet, dass ich es nicht ebenfalls tun würde.«

Ich zuckte mit den Schultern. »Intuition.«

»Ich werde es mir überlegen«, sagte er, bevor er auch schon wieder im dichten Nebel verschwand. SHIT! Das lief nicht so wie geplant. Was soll ich denn jetzt machen? Ich hatte nun keine Ahnung, ob der Dämon mir helfen würde oder nicht. Verdammt!

Kapitel 33

»Du willst es einfach nicht zulassen«, fauchte Zyran und verschränkte die Arme vor der Brust. »Das ist doch überhaupt nicht wahr!«, widersprach ich ihm. Zyran stand etwa zehn Schritte von mir entfernt und starrte mich intensiv an.

Seine Gesichtszüge wirkten streng und leichte Falten bildeten sich zwischen seinen Augenbrauen. *Arschloch!*

»Konzentrier dich lieber, anstelle dauernd zu fluchen!«

»Leck mich, Zyran!«

»So, wie es aussieht, sind die Flitterwochen schon wieder vorbei«, gab nun auch Fynn, welcher auf uns zukam, seinen Senf dazu.

Wir hatten uns etwas vom Schloss entfernt und standen auf einer Art Wiese vor einem Wald. Es waren Bäume, die jedoch nicht wie in meiner Welt aussahen. Ihre Rinde war grau, der Stamm schwarz, die Blätter blutrot oder dunkelgrün. Das Gras war weich und doch so zerbrechlich wie Asche. Die Farbe glich der Rinde der Bäume, nur dass es etwas dunkler war.

»Kann ich euer Training für einen kurzen Moment unterbrechen? Zy, ich müsste mit dir reden. Allein«, kam es nun etwas ernster von Fynn. Irritiert musterte ich ihn. Etwas stimmte nicht, das konnte ich ihm ansehen. Ich beobachtete, wie die beiden Männer sich etwas von mir entfernten, und anfingen, sich angeregt zu unterhalten. Sie standen gerade so weit weg, dass ich nicht mehr verstehen konnte, was sie sagten.

Neugierde übermannte mich, also beschloss ich, erneut meine Fähigkeiten einzusetzen. Da ich bereits wusste, dass ich keine Chance hatte, in Zyrans Kopf einzudringen, ohne dass er es bemerkte, konzentrierte ich mich auf Fynn. Schneller als bisher schaffte ich es, in seinen Kopf einzudringen, ärgerte mich aber sofort, als ich seine Gedanken vernahm. »Allein heißt allein, Evelyn. Allein heißt allein, Evelyn«, wiederholte Fynn seine Worte immer und immer wieder. Als hätten sie bemerkt, dass ich versucht hatte, sie zu belauschen, drehten sich die beiden Männer mit einem teuflischen Grinsen im Gesicht zu mir um.

Ohne ein weiteres Wort zu mir zu sagen, ging Fynn wieder davon, während Zyran zu mir zurückkam. »Es gilt als ziemlich unhöflich jemanden einfach so zu belauschen.«

Ich schnaubte. »Als würde dich das interessieren. Außerdem bekomme ich sonst nie mit, was hier vor sich geht, würde ich euch nicht belauschen!«

Das schiefe Grinsen legte sich auf seine Lippen, als er mir eine Haarsträhne aus dem Gesicht strich und sie mir hinters Ohr klemmte. »Wie wäre es mit einem Deal?«, fragte er mit sanfter Stimme.

Interessiert hob ich eine Augenbraue. »Wie lautet der Deal?«

»Sobald du eine meiner Aufgaben geschafft hast, werde ich dir eine Frage beantworten, egal worum es geht. Was sagst du dazu?«

Eindringlich musterte ich den Dämon vor mir, erhielt jedoch kein Anzeichen dafür, dass er lügen würde, also stimmte ich zu.

»Also gut, fangen wir an. Zuallererst nimm Kontakt zu deinem Dämon auf.«

Ich schnaufte angestrengt. »Das haben wir vorhin bereits versucht, es klappt nicht! Außerdem, woher willst du wissen, ob ich dich nicht anlüge?«

»Glaube mir, das wird man nicht übersehen. Und gib nicht so schnell auf oder sind dir deine offenen Fragen, doch nicht so wichtig?«

Wütend über seine Worte funkelte ich ihn an. »Schließ deine Augen und fühle tief in dich hinein«, erklärte er mir erneut.

Ich ließ meinen Kopf kreisen und lockerte meine angespannten Nackenmuskeln etwas, anschließend schloss ich auch schon meine Augen.

Ich versuchte, mich zu entspannen, fokussierte mich auf meinen Körper und probierte, Kontakt mit meinem Dämon aufzunehmen. »Ist das überhaupt möglich?«

»Ja.«

»Was lässt dich da so sicher sein?«

»Ich bin ein Dämon.«

»Ist das nicht was anderes?«

»Nein.«

Ich fluchte über seine wie immer knappen Antworten, welche meine Geduld zum Zerreißen anspannten.

Erneut versuchte ich, mich zu konzentrieren. *Komm schon Evelyn! Reiß dich zusammen, du schaffst das! Du musst lediglich Händchen mit deinem Dämon halten. Das kann ja nicht so schwer sein ... hoffe ich.*

Ein leichtes Kribbeln zog sich durch meinen Körper und dann spürte ich tatsächlich eine andere Art von Macht, welche ich bisher noch nie gespürt hatte. Ich versuchte, nach ihr zu greifen, doch irgendetwas hinderte mich daran. Es war, als würde ich immer wieder gegen eine Wand stoßen.

»Du machst das gut, Liebes. Versuch es weiter, gib nicht auf«, vernahm ich leise Zyrans Stimme. *O keine Sorge, Zyran, so schnell gebe ich nicht auf! Ich wäre nicht ich selbst, wenn ich mich so einfach geschlagen geben würde.*

Immer wieder versuchte ich, nach dieser unruhigen Macht zu greifen. Redete in Gedanken auf sie ein und flüsterte ihr nette Dinge zu. Immer wieder stieß ich gegen die unsichtbare Wand und gerade, als ich dabei war aufzugeben, schaffte ich es, die Mauer zu durchbrechen. Ich griff durch sie hindurch und berührte die wilde Macht. Tief holte ich Luft, es war, als würde ich gerade zum ersten Mal reinen Sauerstoff einatmen. *Bei Jorun es fühlte sich unglaublich an!* War dies etwa mein Dämon? Es war irgendwie komisch, doch zugleich hatte ich das Gefühl, ich wäre zum ersten Mal wirklich ich selbst.

Erneut ließ ich meinen Kopf kreisen, bevor ich anschließend meine Augen öffnete. *Heilige Scheiße ...*

KAPITEL 34

- EVELYN -

Alles hatte sich verändert. Ich nahm die Umgebung plötzlich vollkommen anders wahr. Alles, was zuvor so weit weg erschien, konnte ich nun genaustens erkennen. Obwohl Zyran mindestens vier Schritte von mir entfernt stand, konnte ich alles an ihm erkennen, als würde er direkt vor mir stehen. Ich konnte seinen Duft bis hierher riechen und auch konnte ich eingehend seinen leisen Atem und sein schlagendes Herz hören.

Dass Dämonen überhaupt ein Herz besaßen. Waren sie nicht lebende Tote, wie Vampire es sein sollten?

»Ist das deine erste Frage? Oder soll ich sie einfach ignorieren?«, fragte Zyran, während er einen Schritt auf mich zukam.

»Oh, ich bitte dich. Als würde ich meine erste Frage so leichtfertig verschwenden.«

»Nun gut, was wäre denn deine erste Frage?«

»Wenn wir schon beim Thema sind. Uns wurden im Kloster ziemlich viele Regeln eingetrichtert. Welche davon sind denn wirklich wahr?«

»Zähl sie mir auf und ich beantworte sie dir«, säuselte Zy mit verführerischer Stimme und machte einen weiteren Schritt auf mich zu.

»Keine Wetten oder einen Pakt abschließen.«

Zyran schwieg einen Moment. »Beziehen wir die Antwort auf Hexen und Nichtmagier?«

Ich nickte.

»Das mit dem Pakt oder Handel ist wahr, genauso wie eine Wette. Allerdings ist das Ganze mit viel mehr Aufwand verbunden. Es ist nicht einfach nur ein Handel oder eine Wette. Man schließt dies mit Blut ab, von da an ist der Handel durch unser Blut bindend. Für den Menschen wie auch für den Dämon.«

Interessant. Es ist also doch nicht alles gelogen, was wir im Kloster gelernt hatten.

»Dann ist die Regel mit dem Blut sicher auch relevant. Man soll ihr Blut weder berühren noch trinken und auch das eigene nicht überlassen.«

Ein heimtückisches Funkeln erschien in seinen Augen und ein leichtes Grinsen auf seinen Lippen.

»Allerdings. Jedoch hat es eine ganz eigene Wirkung, wenn dies zwei Dämonen tun. Es ist ein vollkommen anderer Zauber. Wie wäre es, wenn ich dir zeige, welcher?«

Eine Gänsehaut breitete sich auf meinem gesamten Körper aus. Die Erregung in seiner Stimme war kaum zu überhören und sofort entfachten seine Worte die meine. *Dieser Idiot, er wusste genau, was er mit seinen Worten bei mir anstellte!*

Ich atmete tief ein und aus, dabei sahen wir uns fest in die Augen und ich konnte genaustens dabei zusehen, wie sie erneut zu leuchten begannen. *Komm schon Evelyn, konzentrier dich, ihr habt später noch genug Zeit für andere Spielchen!*

Ein raues Lachen ertönte vor mir, als ich Zyran dabei zusah, wie er einen weiteren Schritt auf mich zu machte. *Arschloch!* Schon wieder hatte er meinen Gedanken gelauscht!

Zyran schloss für einen Moment seine Augen und als er sie wieder öffnete, war das Leuchten darin beinahe komplett verschwunden.

»Also gut, wie lauten die weiteren Regeln?«, fragte er und brachte mich damit vollkommen aus der Bahn.

Ich blinzelte mehrmals und schüttelte meinen Kopf, als ich endlich wieder einen klaren Gedanken fassen konnte.

Ich räusperte mich. »Ähm … Wie sieht es mit Schwören oder Versprechen aus?«

»Kommt auf die Situation an und wer etwas schwört. Der Dämon oder der Mensch. Wenn ein Dämon etwas schwört oder verspricht, kann er es eigentlich nicht mehr zurücknehmen und muss sich daranhalten. Auch der Mensch, aber das muss ebenfalls mit Blut besiegelt sein.«

Ich runzelte die Stirn. Dämonen haben ziemlich viel mit Blut zu tun.

»Wie sieht es mit Augenkontakt aus?«

»Keine Ahnung, sag du es mir«, flüsterte er und machte den letzten Schritt auf mich zu. Schwer schluckte ich, als ich zu ihm aufsah. Sein langes Haar fiel ihm etwas ins Gesicht und ich hatte das starke Bedürfnis, es ihm zur Seite zu streichen. Mein Herz schlug immer schneller und meine Augen huschten immer wieder zu seinen verführerischen Lippen.

»Bleib bei der Sache, Zyran«, versuchte ich mich aus der Situation zu retten. Schmunzelnd richtete er sich auf und trat einen Schritt zurück.

»Nichts passiert bei Augenkontakt, außer dass mir womöglich ein paar Frauen verfallen.« Er zwinkerte mir dabei zu, was mich nur die Augen verdrehen ließ.

»Und wie sieht es mit Körperkontakt aus?«, fragte ich weiter.

Zyran zuckte mit den Schultern. »Ruft in etwa dieselbe Reaktion hervor wie bei einem Kuss. Allerdings nur bei Intimität.«

»Kann man Dämonen heraufbeschwören?«, fragte ich zum Schluss und erhielt als Antwort nur ein einziges Wort. »Ja.«

KAPITEL 35

- NADIA -

Genaustens beobachtete ich Zyran und Evelyn von dem großen Balkon aus. Wenn er ihr wieder wehtut, breche ich ihm jeden einzelnen Knochen! Ich sah dabei zu, wie die beiden erneut zu diskutieren begannen. Leider konnte ich durch die Entfernung nicht verstehen, worum es ging.

Kurz darauf tauchte Fynn bei ihnen auf und unterhielt sich mit Zyran, die sich allerdings erst noch etwas von Evelyn entfernt hatten.

Als Fynn sich wieder von ihnen verabschiedete, hatte ich kurz das Gefühl, er hätte mich auf dem Balkon entdeckt und mehrere Sekunden lang beobachtet.

»Evelyn geht es gut. Er wird seinen Fehler nicht wiederholen«, ertönte etwa eine Minute später Fynns raue Stimme hinter mir. Da ich nicht mit ihm gerechnet hatte, zuckte ich erschrocken zusammen.

»Und das weißt du woher?«, fragte ich ihn bissig, meinen Blick weiterhin auf Evelyn gerichtet. Im Augenwinkel sah ich, wie er sich neben mich stellte und seine Arme auf dem schwarzen Metallgeländer ablegte.

»Ich kenne Zyran bereits über hundert Jahre. Glaube mir, wenn ich dir sage, er macht keinen Fehler **jemals** ein zweites Mal.«

Obwohl ich ihm irgendwie glaubte, schnaubte ich nur als Antwort.

»Du kannst ein ganz schönes Miststück sein, weißt du das?«

Mit entsetztem Blick sah ich nun doch zu Fynn, welcher mich breit angrinste. Offenbar war genau diese Reaktion bei mir hervorzurufen, sein Plan gewesen.

»Arschloch«, keifte ich zurück, was sein Grinsen nur noch breiter werden ließ. Sein Lächeln war spitzbübisch, kindisch. Doch es passte zu ihm. Es ließ ihn jünger wirken. Fynn war alles andere als unattraktiv, das musste ich zugeben. Doch niemals würde ich mich auf ein dämonisches Wesen einlassen!

»Ist das dein wahres Gesicht?«, fragte er und brachte mich für den Moment völlig aus der Bahn. »Wie bitte?«

»Diese gemeine Seite, ist das dein Charakter?«

Erneut schnaubte ich. »Sicher nicht. Doch du provozierst es, bei dir kann man nur genervt oder wütend werden?« Sein kindliches Grinsen verwandelte sich in ein sanftes Lächeln. Vorsichtig strich er mir eine Strähne aus dem Gesicht und steckte sie hinter mein Ohr. »Glaube mir, bei mir kannst du noch viel mehr fühlen.«

Meine Knie wurden weich und für einen Moment war ich von seinen Worten wirklich hingerissen, bis mir wieder einfiel, dass dies sicher nur einer seiner nervtötenden Pläne war. Mit der flachen Hand schlug ich seine aus meinem Gesicht und funkelte ihn wütend an. Ein spielerisches Leuchten erschien in seinen Augen.

»Du hast genauso viel Feuer wie deine Freundin«, provozierte er mich weiter.

»Ja, nur dass ich bei deinem Anblick keine weichen Knie bekomme wie sie bei Zyran.«

»Noch nicht.«

»Leck mich, Fynn!«

Das Grinsen wurde erneut breiter. »Mit Freude.«

Empört von seinem Verhalten, verpasste ich diesem Perversling eine Ohrfeige, sodass sein Gesicht zur Seite flog. Sein Blick fing Feuer, doch nicht aus Wut. Schmunzelnd rieb er sich über die leicht gerötete Wange. »Die habe ich wohl verdient.«

»Hast du!«, stimmte ich ihm zu und verschränkte meine Arme vor der Brust.

Plötzlich sah er mich mit einem etwas ernsteren Blick an, wobei das Funkeln in seinen Augen bestehen blieb. »Weißt du, was mich seit unserer ersten Begegnung brennend interessiert?« Abwartend hob ich eine Augenbraue.

»Woher wusstest du, wer ich bin? Woher wusstest du, dass ich ein Höllenhund bin?«

Innerlich begann ich teuflisch zu grinsen, als ich sagte: »Du stinkst wie ein nasser Hund, es ist also ziemlich offensichtlich.«

Sein selbstsicherer Blick fiel in sich zusammen und er sah mich entsetzt an. Auch nach wenigen Sekunden veränderte sich sein Blick nicht, sodass ich wirklich damit anfing zu glauben, er würde mich nicht durchschauen. Nun fiel auch mein versteinerter Blick in sich zusammen und ich bekam tatsächlich ein schlechtes Gewissen.

»Das war ein Witz, Fynn!«, gab ich entsetzt von mir, was ihn wirklich erleichtert ausatmen ließ.

Laut fing ich zu lachen an. »Du hast mir diesen Unsinn gerade wirklich geglaubt?!«

Der sonst so taffe Junge starrte nun beschämt auf seine Schuhspitzen und sagte kein Wort mehr. »Man Fynn, ich war vierzehn Jahre unter Hexen, dort gab es keinen Schutz durch trainierte Hexen wie im Kloster. Man musste sich selbst verteidigen. Ich habe von meiner

Mutter einiges über Dämonen gelernt und sie hat mir auch von Höllenhunden erzählt. Sie sagten mir, sie wären loyale Bastarde gegenüber ihrem Meister und als ich dein Verhalten bemerkt hatte, war es einfach nur eine starke Vermutung. Doch offensichtlich auch eine richtige.«

»Das heißt, ich stinke nicht?«, nuschelte er traurig und erneut zerfraß mich beinahe mein schlechtes Gewissen.

»Nein, du riechst sehr gut«, murmelte ich leise vor mich hin.

»Wusste ich es doch, dass du mich anziehend findest!«

Mir blieb der Mund offenstehen. »DU HINTERHÄLTIGE AUSGEBURT DER HÖLLE!«, schrie ich ihn an, da dieser Mistkerl mich einfach nur verarscht hatte und genau diese fünf Worte von mir hören wollte. Nun war er derjenige, der laut zu lachen begann, bis ihm sogar Tränen in die Augen schossen. »Sagte ich doch, du bist eigentlich eine sehr gemeine Hexe.«

Mein Puls stieg bis ins Unermessliche. *Bleib ruhig, Nadia. Er versucht dich nur zu provozieren.* Scheiße! Und das klappte sehr gut!

Ich kreischte auf und stürmte anschließend an ihm vorbei. Wie sollte man bei ihm denn bitte ruhig bleiben?! Bevor ich allerdings doch noch etwas zu ihm sagte, was ich bereuen oder mich das Leben kosten könnte, schwieg ich einfach. Sein Lachen verfolgte mich, bis ich die

Balkontür hinter mir zuschlug und in mein Zimmer verschwand.

Am liebsten würde ich ihm den Kopf abreißen! Vollidiot!

KAPITEL 36

- EVELYN -

»Wie fühlst du dich?«, fragte Zyran und trat wieder näher an mich heran.

»Gut«, antwortete ich wahrheitsgemäß.

»Wirklich? Dir tut nichts weh? Du fühlst dich nicht komisch?«

Irritiert runzelte ich die Stirn, schüttelte dann jedoch meinen Kopf.

»Wieso siehst du mich so komisch an?«, fragte ich ihn, als er mich mit fester Miene genaustens musterte.

»Lass uns einen Moment reingehen, du solltest etwas trinken.«

Da mir sein Blick überhaupt nicht gefiel, ging ich, ohne zu widersprechen, mit ihm. Sanft legte Zyran mir seine Hand auf den Rücken und lief mit mir ins Schloss zurück. Ich verstand nicht wirklich, was plötzlich mit ihm los war, als wir dann jedoch im Schloss ankamen und ich nach rechts neben mich direkt in einen Spiegel sah, erstarrte ich mitten in meiner Bewegung. Sofort stoppte auch Zyran seine Schritte, genaustens konnte ich seinen Blick auf mir spüren. Sehen konnte ich ihn jedoch nicht, viel zu sehr lenkte mich mein Spiegelbild von ihm ab. Mit weit aufgerissenen Augen legte ich meine Hände an die Seiten meines Gesichts. Kleine schwarze Venen zogen sich über mein komplettes Gesicht und erst wenig später bemerkte ich, dass sich diese auch über meine Hände ausbreiteten und vermutlich über meinen gesamten Körper.

»Zyran … was ist das?«, fragte ich mit Panik in meiner Stimme.

»Das ist dein Dämon, der gerade versucht, sich endgültig mit dir zu verbinden. Er ist hungrig und im Moment ist dein Blut seine einzige Nahrungsquelle.«

Schockiert drehte ich mich zu ihm um. »Soll das heißen, ich sauge mich gerade selbst aus?«

Zyran zuckte mit den Schultern. »So in etwa, ja. Und jetzt komm, wir holen dir jetzt etwas zu trinken.«

Zuerst war ich vollkommen bereit, ihm zu folgen, als es in meinem Kopf Klick machte. Wiederholt stoppte ich in meiner Bewegung und starrte Zyran einen Moment schweigend an, bis auch er sich erneut zu mir umdrehte.

»So langsam habe ich das Gefühl, dass du hier nicht von einem Glas Wasser redest«, murmelte ich unsicher.

»Tut er auch nicht«, ertönte eine überglückliche Stimme. Sobald die Worte ausgesprochen waren, trat Fynn auch schon um die Ecke und sah mich mit einem breiten Grinsen im Gesicht an. »Man siehst du scheiße aus!«, kommentierte er noch zu allem Überfluss, erhielt dafür jedoch einen Schlag von Zyran auf seinen Hinterkopf.

»Du wirst heute zum ersten Mal Blut trinken«, redete Fynn einfach weiter und ignorierte Zyran komplett.

»Fynn«, knurrte Zy warnend. Lachend hob dieser kapitulierend seine Hände.

»Ich bin schon ruhig. Viel Spaß euch!«, rief er lauter als nötig und ließ uns dann auch schon allein zurück. Unsicher, wie ich mich nach dieser Information verhalten sollte, fing ich an, nervös meine Finger zu kneten. »Fynn hat die Wahrheit gesagt, oder?«, fragte ich unsicher und wagte es kaum, in Zyrans Augen zu blicken.

»HAB ICH!«, kam es aus weiter Entfernung, von Fynn.

»FYNN, WENN DU HEUTE NACHT NICHT IM KERKER SCHLAFEN MÖCHTEST, WÜRDE ICH DIR DAZU RATEN DIE FRESSE ZU HALTEN!«, schrie Zyran zurück, musste jedoch genauso wie ich leicht grinsen.

Mit einem sanften Gesichtsausdruck sah er wieder auf mich herab und streckte mir seine Hand entgegen.

»Komm, ich erkläre dir alles, wir machen nichts, wofür du dich nicht bereit fühlst.«

Knapp nickte und legte meine Hand vorsichtig in seine.

Zusammen liefen wir durch das Schloss, wobei ich die düsteren Gemälde und alt aussehende Waffen betrachtete. Wir traten in einen dunklen Gang hinein, in dem sich weder Bilder noch Fenster befanden. Er bestand aus Stein, bis wir vor einer eisernen Tür zum Stehen kamen. Plötzlich hielt Zyran mir einen silbernen Schlüssel vor die Nase und deutete, ohne ein Wort zu sagen, auf die Tür.

Ich hatte bereits eine gewisse Vorahnung, was sich dahinter befand, weshalb ich erst einmal nervös tief ein- und ausatmete. *Komm schon Evelyn, du schaffst das. Wie schlimm kann es schon sein?*

Ich nickte nur und deutete ihm an, dass er die Tür öffnen konnte. Er ließ meine Hand los und strich mir stattdessen kurz über die Wange, bevor er anschließend auch schon die Tür vor uns aufschloss.

Vorsichtig trat ich zusammen mit ihm in den Raum, machte mich auf jeglichen Anblick bereit und war nicht einmal erstaunt, als ich eine Art Kerker mit Gefangenen vorfand. Die Zellen waren nicht klein und sahen auch nicht gerade heruntergekommen aus. In jeder befand sich ein gemütlich aussehendes, kleines Bett sowie ein

Waschbecken und ein Tisch mit zwei Stühlen. Der Raum bestand aus hartem Gestein und ich wusste, dass diese Nichtmagier nicht die geringste Chance hatten, irgendwie aus diesem Raum entkommen zu können. Die Gitterstäbe waren aus Metall und ich roch die Magie, welche von ihnen ausging.

»Sind diese Leute freiwillig hier?«, fragte ich flüsternd.

»Nein.«

Ich schluckte schwer. »Ich bin immer noch ein Dämon, Evelyn. Du hast bisher nur meine gute Seite kennengelernt, doch ich lebe genauso auch meine dämonische Seite aus.«

Eine Gänsehaut breitete sich auf meinem gesamten Körper aus.

»Aber ich kann dich beruhigen. Die meisten von hier wurden entweder von ihrem Volk verbannt oder haben grausame Dinge getan.«

Obwohl ich ihn fragen wollte, was mit den anderen war, schließlich sprach er nur von den meisten, wollte ich es irgendwie nicht wissen. Ich konnte es mir denken. Die anderen waren einfach zur falschen Zeit am falschen Ort.

»Du hast die Wahl, Liebes. Such dir jemanden aus«, raunte Zyran dicht neben meinem Ohr. *Was?!* Erwartete er wirklich von mir, dass ich jemanden aussuchte, um …

um dessen Blut zu trinken?! Bei Jorun, das konnte ich nicht! Nie und nimmer!

»Das kann ich nicht, Zy«, murmelte ich unsicher.

»Na komm«, flüsterte er, machte einen Schritt nach vorne und streckte mir seine Hand entgegen. Erneut ergriff ich sie und trat weiter in den Raum hinein. Ein komisches Gefühl bereitete sich in mir aus, als die Gefangenen (hauptsächlich Frauen) in diesem Raum alle ängstlich einen Schritt zurückwichen. Denn irgendetwas sagte mir, dass sie nicht vor Zyran zurückschreckten, sondern vor mir. Vor mir und meinem schrecklichen Anblick.

»Ist hier irgendwer in diesem Raum, der sich mir und meiner Frau freiwillig anbietet?«, murrte Zyran bedrohlich und sah sich um. Ich war viel zu sehr von den ängstlichen Blicken abgelenkt, als dass mir die Tatsache, dass er mich gerade als seine Frau bezeichnet hatte, bewusst geworden wäre. Meine Unsicherheit stieg bis ins Unermessliche, als sich nicht eine einzige Seele in diesem Raum hörbar machte, oder sich gar bewegte.

»Gut, dann wähle eben ich!«, knurrte er und sah sich grob in dem Raum um, bevor Zyran mich einfach zu einer Zelle brachte. Ich sah langsam zu der Frau auf, welche sich ängstlich gegen die Wand presste. Sie hatte dunkles, langes Haar und braune Augen. Sie trug ein dünnes, schwarzes Kleid und keine Schuhe. Mit einer knappen Handbewegung öffnete Zyran die Kerkertür und schob mich mit sich in die Zelle. Mit dem Finger deutete er dem etwa zwanzig Jahre alten Mädchen an, herzukommen. Ich hörte ihr Herz wie wild in ihrer Brust schlagen, als sie sich langsam auf uns zubewegte.

»Knie dich hin«, sagte er ihr mit drohender Stimme. Ohne zu zögern tat sie, was er von ihr verlangte. »Setz dich ebenfalls auf den Boden, es wird dir leichter fallen als im Stehen.«

»Ich weiß nicht, ob ich das kann, Zyran.«

»Es wird schwer, ich weiß. Doch du musst das tun. Du brauchst das Blut, sonst wird dein Körper diesen Zustand nicht mehr lange mitmachen.«

Auch mein Herz schlug mir bis zum Hals, als ich mich neben das Mädchen kniete. Langsam ging auch Zyran neben ihr in die Hocke und sah mir fest in die Augen.

»Wie soll ich das machen? Ich habe noch nicht einmal Reißzähne«, krächzte ich besorgt. Ein breites Grinsen legte sich auf seine Lippen. »O doch, Liebes, die hast du!«

Ich riss meine Augen auf und wie von selbst wanderte mein Zeigefinger zu meinem Eckzahn. Ich zuckte erschrocken zusammen, als ich bemerkte, dass mein Zahn größer, länger und viel spitzer war, als ich ihn in Erinnerung hatte. Vorsichtig fuhr ich mit meiner Zunge zu meinem Zahn und erneut wurde mir bestätigt, dass sich meine Eckzähne verändert hatten.

Meine Augen zuckten zu Zyrans Hand, als ich erkannte, wie er die langen Haare des Mädchens zur Seite strich und mir ihren Hals präsentierte. Durch meine verschärften Sinne sah ich sofort ihre kräftig schlagende Pulsader. Unbewusst fuhr ich mir mit der Zunge über meine Lippen. Ein brennendes Gefühl legte sich über meine Haut, während ich weiter auf ihre pulsierende Arterie starrte. *Verdammt, das ist falsch! Alles daran ist so verdammt falsch! Und das Schlimmste war, ich wollte sie kosten! Verflucht, ich wollte ihr Blut in mir aufnehmen, wollte ihr wehtun und sie bis auf den letzten Tropfen ausbluten lassen. DAS WAR NICHT NORMAL!*

»Es ist in Ordnung, Evelyn«, flüsterte Zyran und sofort schoss mein Blick zu ihm. Ich wusste, dass sich seine Worte auf meine Gedanken bezogen. Doch ich zweifelte sie an. Ich wollte nicht so sein. Ich wollte kein blutrünstiges Monster werden!

»Koste von ihr. Nur einen Tropfen.« Seine Stimme war wie ein befriedigendes Gedicht. Ich wusste, was er vorhatte. Wenn ich sie einmal probiert hatte, würde ich nicht mehr aufhören können. Ich hasste seinen Plan, ich hasste ihn dafür. Doch fuck, es funktionierte. Ich rückte ein Stück näher an sie und leckte mir erneut über die

Lippen. Starrte auf ihren nackten Hals. Meine Zähne schmerzten, mein Körper brannte und alles, was ich wollte, war Blut!

»Tu es mit mir«, flüsterte ich mit heißer Stimme. Feuriges Verlangen brannte in seinen Augen, als ich zu ihm aufsah. Er sagte kein Wort und nickte stattdessen nur. Grob griff er in den Nacken der Frau und beugte ihren Kopf etwas zu sich, sodass ich mehr Platz hatte und ihr Hals nun komplett frei lag.

Ohne es aufhalten zu können, raste meine Hand nach vorne, griff in ihr volles Haar und riss ihren Kopf daran zurück in ihren Nacken und dann beugte ich mich auch schon nach vorne und stieß meine Zähne in ihr weiches Fleisch. Sobald sie in ihr versunken waren und ich anfing, Blut zu schmecken, beugte sich auch Zyran zu ihr hinab und rammte seine Zähne in die andere Seite ihres Halses.

Ich stöhnte leise, als mir ihr warmes Blut die Kehle hinab rann. Es sollte mich ekeln, ich sollte würgen und die dickflüssige Substanz ausspucken, doch das tat ich nicht. Mein menschlicher Verstand rückte immer weiter in den Hintergrund, während die Bestie in mir die Kontrolle übernahm. Das Brennen ließ immer weiter nach und ich sah im Augenwinkel wie die dunklen Adern immer blasser wurden. Derweil stieg Begierde in mir an und ich genoss die warme Flüssigkeit, welche mich von innenheraus wärmte. Ich öffnete meine Augen und starrte direkt in die leuchtenden Augen von Zyran. Mein Körper wusste sofort, dass sie nicht vor Wut leuchteten und scheiße, ich wusste, dass meine genauso leuchteten wie seine!

Erneut riss ich an den Haaren des Mädchens und stieß ihren beinahe leblosen Körper etwas zurück. Schwer atmend sah mir Zyran in die Augen. Ich bemerkte genaustens das Blut, welches ihm übers Kinn rann. Doch es war mir egal!

Keiner von uns musste auch nur ein Wort sagen, um zu verstehen, was wir wollten. Nachdem ich meinen Blick wieder von seinem Kinn zu seinen Augen wandern ließ, beugte er sich auch schon zu mir nach vorne und unsere Lippen prallten aufeinander. *Fuck war das heiß!*

KaPITeL 37

- evelyn -

Dieser Kuss war das Heißeste, was ich jemals erlebt hatte! Ich sollte mich wirklich ekeln. Mit seiner Zunge leckte er das Blut unseres Opfers von meinen Lippen und das Schlimmste war ... ich tat bei ihm das gleiche!

»Lass uns in dein Zimmer gehen«, murmelte ich dicht vor seine Lippen und zog ihn noch näher an mich.

»Wir müssen nicht gehen«, gab er zurück und schnippte plötzlich mit dem Finger. Ich quiekte erschrocken auf und sah mich schockiert um, als wir plötzlich auf seinem Bett saßen.

»Wie hast du das gemacht?«, fragte ich entsetzt. Hatte Jade nicht gemeint, er könnte sich nicht mehr von einem zum anderen Ort zaubern, da seine Magie zu schwach wäre?

»Das spielt im Moment keine Rolle«, flüsterte er und presste erneut seine Lippen auf meine. Ich keuchte erregt, legte eine Hand auf seinen muskulösen, steinharten Schenkel, während ich mit der anderen in sein mittlerweile beinahe schulterlanges Haar griff. Sein Haar war genauso weich wie seine Lippen. Bei Jorun, alles an diesem Mann war einfach nur perfekt und so verdammt verführerisch!

Auch er fuhr mit seinen Händen langsam meine Taille entlang und zog mich mit festem Griff zu sich. Erneut stöhnte ich leise in seinen Mund, ließ meine Hände zu seinem Hemd wandern und machte mich daran, es Knopf für Knopf zu öffnen, doch Zyran stoppte mich bei der Mitte und löste langsam unseren heißen Kuss. Angst, etwas Falsches getan zu haben, sah ich ihm in die strahlenden Augen. Sorge spiegelte sich in ihnen wider und sofort spannte sich mein gesamter Körper an. »Stimmt etwas nicht?«, fragte ich ihn.

»Nein, es ist alles in Ordnung. Nur solltest du noch etwas wissen.«

»Schon wieder? Wirst du mir von nun an immer etwas mitteilen, wenn wir miteinander schlafen?«

Zyran schmunzelte. »Sieht danach aus. Aber es ist wirklich wichtig, Evelyn.«

So, wie er meinen Namen aussprach und so besorgt wie er mich anblickte, glaubte ich ihm sofort! Ich nickte kurz, um ihm zu zeigen, dass er seine Rede fortsetzen sollte.

»Du bist nun ein reiner Dämon und als solcher gelten nun weitere neue Regeln für dich. Eine neue Regel davon ist: die Verbindung.«

Ich hob eine Augenbraue. »Die Verbindung?«

Er nickte knapp. »In der Hölle gibt es eine Art Ritual, welches sich die Verbindung nennt. In der Natur eines jeden Dämons liegt die Fortpflanzung und diese geschieht durch ihren Seelenpartner.«

»Seelenpartner? Meinst du so etwas wie vom Himmel bestimmte Paare?«, fragte ich mit großen Augen. Er nahm mich doch gerade auf den Arm! So etwas wie Seelenverwandte gab es doch nicht, oder?!

»Ja, genau das meine ich. Nur, dass unsere Seelenpartner nicht vom Himmel bestimmt wurden.«

Ich schluckte schwer. Ich hatte eine böse Vorahnung, wovor er mich warnen wollte.

»Oft finden die Partner bereits vor dem Sex zusammen und sehen die Anzeichen, doch es gibt auch die seltenen Fälle, so wie dich, die erst nach Jahren zum vollkommenen Dämon werden. Es kann sein, dass du keinen Seelenpartner hast, oder ihn aber erst während des Aktes findest.«

Ich nickte, da ich seine Worte verstand, und auch wenn sie mich gerade ziemlich nervös machten, wusste ich doch, dass es mir nichts nützte, jetzt den Verstand zu verlieren. »Was geschieht, wenn man Sex hat, ohne über den Partner Bescheid zu wissen?«

»Man akzeptiert unwissentlich das Band zwischen sich. Du nimmst deinen Seelenpartner an und verbindest dich mit ihm. Eure Seele wird eins. Euer Leben, euer ganzes Selbst. Die Eifersucht wird noch größer und das Verlangen, einen Nachkömmling zeugen zu wollen, wird mit der Zeit ebenfalls immer präsenter werden. Allerdings ist es bei uns Dämonen eher schwieriger, Nachkömmlinge zu zeugen. Es dauert meist Jahre, wenn nicht sogar Jahrzehnte, bis es klappt. Als deine Verwandlung noch nicht ganz abgeschlossen war, mussten wir uns darum keine Sorgen machen, Dämonen können sich nur mit Dämonen fortpflanzen, doch nun … es gibt keine Verhütung, das solltest du wissen, da Nachkömmlinge eine Seltenheit sind.«

Ich schluckte schwer und dachte angestrengt über seine Worte nach. Alles daran klang erschreckend. Wirklich erschreckend! Tief atmete ich ein und aus und fing an, meine Gedanken zu sortieren.

»Dann lass uns doch herausfinden, ob wir Seelenpartner sind«, wisperte ich und sah ihm dabei entschlossen in die Augen. Ich sah den Unglauben darin. *Ja, ich habe genauso wenig mit dieser Antwort von mir gerechnet.*

»Hast du mir gerade zugehört?«, fragte er mich schockiert.

»Habe ich. Und ich bleibe bei meinen Worten.«

»Du … Du willst das wirklich machen?«

»Mit dir schlafen? Ja.«

Er fuhr sich aufgeregt mit der Hand durch sein dichtes, schwarzes Haar. »Verflucht, Eve! Du weißt, das meine ich nicht!«

»Sollten wir Seelenpartner sein, werden wir es vermutlich so oder so nur über diesen Weg herausfinden. Also wieso finden wir es nicht jetzt sofort heraus?«

Das Schimmern in seinen Augen wurde wieder heller und sein typisches schiefes Grinsen legte sich auf seine noch immer blutverschmierten Lippen.

»Bist du dir auch ganz sicher?«, fragte er mit teuflischem Grinsen.

Auch auf meine Lippen schlich sich ein immer breiter werdendes Lächeln. »So sicher wie noch nie zuvor!«

Kaum, dass ich die Worte ausgesprochen hatte, beugte sich Zyran auch schon wieder zu mir nach vorne. Mit festem Griff schloss er seine Hand um meinen Nacken und zog mich daran zu sich, dann presste er wiederholt seine Lippen auf meine. Und fuck! Dieser Kuss war noch heißer als der zuvor. Ob Zyran und ich wohl wirklich Seelenpartner waren, oder hatte ich überhaupt keinen?

Ein komisches Gefühl breitete sich in meinem Magen aus. Wieso machte es mich traurig, wenn ich daran dachte, dass ich vielleicht überhaupt keinen Seelenverwandten hatte? Konnte man etwas vermissen, wovon man bis vor wenigen Sekunden noch überhaupt nichts wusste? Würde es mich zu einem noch größeren Außenseiter machen, wenn ich keinen Partner hatte? Würden mich die anderen Dämonen dafür hassen? Viel zu viele Fragen erschienen in meinem Kopf und bei Jorun ich brauchte verdammt noch einmal endlich ein paar Antworten, sonst würde ich bald noch explodieren!

Doch zuallererst würde ich zum ersten Mal Dämonensex haben! Wie der sich wohl anfühlen wird, wenn der Sex als Hexe schon atemberaubend mit ihm war? Ich würde auf ziemlich animalisch tippen, denn nun hatte er keinen Grund mehr, sich zurückhalten zu müssen!

KAPITEL 38

- EVELYN -

Ich machte mich daran, sein bereits halb geöffnetes Hemd weiter zu öffnen. Wie ein Raubtier, das hungrig auf seine Beute war, riss ich ihm das Hemd vom Körper und anschließend auch seine Hose, bis er komplett nackt vor mir kniete. Ohne es sehen zu können, wusste ich, dass meine Augen in einem strahlenden Blau leuchteten, so wie es Zyrans taten. Das Grün war heller denn je und hypnotisierte mich beinahe, nahm mich gefangen im Bann der puren Sünde.

Während Zyran erneut seine Lippen auf meine presste und mich mit einem teuflischen Kuss verführte, machte auch er sich daran, mir meine Kleidung vom Leib zu reißen.

Wie wildgewordene Tiere stürzten wir uns auf den jeweils anderen. Seine Hände wanderten über meinen gesamten Körper. Kneteten meine Brüste, strichen meine empfindliche Haut und stoppten schließlich an meiner Mitte. Mit einer Hand umspielte er meine Klitoris, während er mit zwei Fingern in mich eindrang. Mit der anderen Hand drückte er mich auf das Bett, beugte sich über mich und strich anschließend wieder mit dieser über meine Brust. Er neckte mich, zwirbelte meinen Nippel zwischen seinen Fingern, was mich laut stöhnen ließ. Er verteilte nasse Küsse auf meiner Brust und auf meinem Hals. Ich schrie auf, als er mir plötzlich in meine Brust biss. Ich spürte seine Eckzähne in meinem zarten Fleisch und als ich hinabsah, hatte dieses kleine Arschloch mich doch tatsächlich gebissen!

Ein breites Grinsen umspielte Zyrans leicht blutverschmierte Lippen. Ohne es aufhalten zu können, griff ich in seinen Nacken und zog ihn zu mir, presste meine Lippen auf seine und schmeckte mein eigenes Blut. Ich spürte, wie auch meine Eckzähne immer länger wurden, bis ich ihm aus Versehen in seine Unterlippe biss und sich unser Blut miteinander vermischte. Gleichzeitig stöhnten wir auf, genossen den Geschmack unseres vermischten Blutes.

Seine Finger, die sich noch immer in mir befanden, gewannen an Schnelligkeit. Mein Stöhnen wurde lauter, während sich mein gesamter Körper verkrampfte. Mein Orgasmus überrollte mich, kam unerwartet und riss mich mit sich. Laut schrie ich seinen Namen, während das Feuerwerk in mir explodierte.

Seine Bewegungen wurden langsamer, geleiteten mich zum Ende. Schwer atmend lag ich unter ihm und obwohl ich noch immer außer Puste war, hatte ich noch lange nicht genug von diesem Mann!

Sobald ich mich etwas erholt hatte, stürzte ich mich auf ihn. Drückte Zyran in das Bett und setzte mich auf seine Oberschenkel. Mit meinen Händen fuhr ich über seine definierten Bauchmuskeln, erkundete nun ebenfalls seinen Körper, bis ich an seinem steifen Glied ankam.

Ich schloss meine Finger darum und begann mit langsamen Auf und Ab Bewegungen. Vorsichtig sah ich zu ihm auf, um seine Reaktion sehen zu können. Ein selbstsicheres Grinsen legte sich auf meine Lippen, als ich Zyran dabei beobachten konnte, wie er seinen Kopf etwas weiter nach hinten legte und seine Augen für einen Moment schloss. Ich schloss meine Hand noch etwas fester um seinen Schwanz und beschleunigte meine Bewegungen. Ein leises Keuchen war von ihm zu hören. »Scheiße …«, knurrte er und vergrub seine Hand in meinem Schenkel.

»Reite mich, Eve. Fick mich!«, befahl er mit erregter Stimme.

Bei Jorun, als könnte ich dazu nein sagen! Ich setzte mich etwas auf und positionierte seinen Schwanz direkt unter mir. Langsam ließ ich mich auf ihn gleiten, stöhnte auf, als er mich nur ein Stück ausfüllte. *Scheiße! Ich glaube, das ist der einzige Schmerz, den ich jemals genießen würde.*

Stöhnend ließ ich meine Hüften auf ihm kreisen und glitt immer weiter hinab.

»Fuck!«, stöhnte Zyran und vergrub seine Hände in meinen Hüften. »Etwas schneller, Evelyn. Sonst kann ich gleich für nichts mehr garantieren.«

Schmunzelnd sah ich zu ihm. »Dann fick mich,, so wie du es brauchst.«

Bei Jorun, dieser Dämon beschmutzt meine Gedanken! Nun fange ich schon an, so zu sprechen wie er.

»Dein Wunsch sei mir Befehl, Prinzessin.«

Noch bevor seine Worte richtig bei mir ankamen, wirbelte er mich in dämonischer Geschwindigkeit rücklings auf das Bett. Wie zuvor lag ich nun unter ihm und er befand sich direkt über mir. »Schrei für mich, Darling«, hauchte er dicht vor meine Lippen. Kaum, dass er diese Worte von sich gegeben hatte, rammte er sich auch schon mit einem einzigen Stoß in mich. Wie er es gesagt hatte, schrie ich laut auf und krallte meine Nägel in seinen Rücken.

Ich spürte, wie sich etwas Blut unter meinen Fingernägeln sammelte. Scheiße, ich habe ganz vergessen, dass mir dieses Dämonending ebenfalls mehr Kraft verlieh.

Seine Stöße kamen mir schneller und härter vor, und als ich das Feuer in seinen Augen erkannte, wusste ich, er hielt sich weiterhin zurück. Hatte er Angst, er könnte mir nach wie vor wehtun? War dies noch immer möglich?

Ich stöhnte leise, genoss seine liebevollen Bewegungen. Doch es war uns beiden nicht genug!

»Lass es zu«, murmelte ich deshalb dicht vor seine Lippen und sah ihm fest in die smaragdgrünen Augen. Seine Lippen zuckten leicht und ich erkannte den Hauch eines Lächelns. Mit Leichtigkeit packte mich Zyran an den Hüften und wirbelte mich auf den Bauch. Ich vergrub mein Gesicht in einem Kissen, während er meine Hüfte nach oben zog, sodass ich ihm meinen nackten Hintern entgegenstreckte. Ein heißer Schmerz breitete sich auf meiner Pobacke aus, als er mir aus dem Nichts darauf schlug.

»FUCK ZYRAN!«, schrie ich laut.

Mein Fluch wurde durch einen Schrei ersetzt, als er erneut in mich stieß und sich bis zum Anschlag in mir versenkte. Fest griff er an meine Hüfte, seine Stöße waren schneller, härter und verdammt tief!

Das hier kam animalischem Sex definitiv näher und bereits nach wenigen Sekunden merkte ich, wie sich ein intensiver Orgasmus in mir aufbaute. Ich kam ihm immer näher und wusste, dass ich ihn nicht mehr lange zurück halten konnte, dann spürte ich, wie auch Zyrans Stöße immer ungleichmäßiger wurden. Er stand ebenfalls kurz davor.

Während ich laut stöhnend zum Ende kam, hörte ich kaum eine Sekunde später ein lautes Knurren von Zyran, welcher sich tief in mir vergraben, ergoss. Erledigt fiel ich in mir zusammen, derweil sich Zyran neben mich legte und mich fest an sich zog. Mit seiner Magie ließ er erneut die Decke über uns gleiten und gab mir einen sanften Kuss auf meinen Scheitel.

Kapitel 39

- Klayra -

Ein Tag vor meinem Tod

Nervös ging ich in meinem Zimmer auf und ab. Seit fast einer Woche hatte ich nichts von dem Dämon gehört. Evelyns Hinrichtung kam stetig näher und ich bekam immer mehr das Gefühl, der Dämon würde mich tatsächlich im Stich lassen. Hatte ich ihm nicht genug geboten?

Verdammt, ich hätte ihm mehr bieten müssen, ihn mehr reizen! Wenn Evelyn stirbt, wird dies alles meine Schuld sein! Hätte ich mir doch nur mehr Mühe gegeben! Scheiße …

Ein Klopfen riss mich aus meiner Selbstverzweiflung. Genervt ging ich zur Tür und riss diese auf. Verwirrt sah ich die Hexe in Trainingskleidung vor mir an. Es ist bereits dunkel, was bedeutet, sie müsste sich draußen auf der Mauer finden.

»Ist etwas passiert?«, fragte ich sie deshalb direkt.

»Komm mit«, kam es schlicht von ihr. Irritiert runzelte ich die Stirn, zog mir dennoch einen Mantel über und folgte ihr anschließend nach draußen auf die Mauer. Die Schwester lief mit etwas Abstand vor mir her und verschwand in einem kleinen Schutzraum.

Missmutig folgte ich ihr in den Raum und zuckte erschrocken zurück. Es war stockdunkel in diesem Raum, die Hexe war verschwunden und an ihrer Stelle erkannte ich strahlende Augen, die man nicht übersehen konnte. *War er etwa die ... nein, das war unmöglich!*

»Bist du verrückt?«, fragte ich den Dämon.

»Nein«, kam es schlicht zurück. Offensichtlich ist ihm heute nicht nach Reden zumute.

»Wenn dich hier jemand sieht ...«

»Bin ich schneller weg, als auch nur eine Hexe reagieren könnte, außerdem würden sie sich zuvor dich schnappen. Aber jetzt genug geredet, sonst wäge ich meine Antwort auf deinen Deal noch einmal ab.«

Sofort blieb ich wie erstarrt stehen und fixierte den Dämon schweigend.

»Ich stimme dem Deal zu«, kamen die schönsten Worte meines Lebens aus seinem Mund. Er zuckte mit den

Schultern. »Schließlich habe ich bei diesem Deal nichts zu verlieren.«

Wo er recht hat …

»Wann … wirst du es tun?«, fragte ich schließlich stotternd.

»Willst du das denn wirklich wissen, Klayra?«, sprach er meinen Namen aus, welchen ich ihm nie genannt hatte.

Ich versuchte, diese Tatsache weitestgehend zu ignorieren, schließlich würde er mir so oder so nicht sagen, woher er ihn kannte.

»Ich werde es dir nicht sagen, ihr menschlichen Kreaturen neigt oft zur Flucht und Angstschreien. Du wirst mich nicht kommen sehen und dein Tod wird schneller kommen, als dir lieb ist.«

Kaum hatte er diese Worte gesagt, reichte er mir eine kleine schwarze Klinge, ich wusste sofort, was er von mir erwartete. Ich nahm ihm die Klinge aus der Hand und stach mir damit in den Finger. Ein kleiner Tropfen Blut quoll aus der Wunde. Ich reichte dem Dämon erneut die Klinge und er tat dasselbe bei sich, anschließend streckte er mir seine Hand entgegen. Ich drückte meinen Finger auf seinen und spürte sofort, wie sich unser Blut zu einem unbrechbaren Schwur vermischte.

Sobald sich die Wunde an dem Finger des Dämons verschlossen hatte, trat dieser einen Schritt zurück. Mit einem schelmischen Grinsen deutete er eine leichte Verbeugung an. »Wir sehen uns bald wieder, Klayra.«

Dann verschwand der Dämon auch schon in einer schwarzen Nebelwand und ließ mich allein und zitternd zurück.

KAPITEL 40

- EVELYN -

HEUTE

»Bei Jorun, war das unglaublich!«, gab ich leise keuchend von mir.

»Das war es«, flüsterte Zyran in mein Ohr und streichelte sanft über meine Seite. »Was hältst du davon, wenn wir später nach dem Essen noch ein paar kleine Trainingsübungen machen?«

Ich drehte mich etwas, um Zyran ins Gesicht sehen zu können. »Klingt sehr gut.« Ich presste meine Lippen auf seine. Sofort erwiderte er den leichten Kuss und grinste breit, als ich mich wieder von ihm löste.

»Dann treffen wir uns in einer Stunde im Speisesaal. Ich habe zuvor noch etwas zu erledigen«, gab Zyran leise von sich, während er sich anzog. Nachdem er den letzten Knopf seines Hemdes geschlossen hatte, kam er erneut zu mir ans Bett, beugte sich zu mir hinab und legte seine Lippen sanft auf meine Stirn. »Wir sehen uns dann gleich beim Essen.« Anschließend drehte er sich auch schon um und verließ mit schnellen Schritten sein Zimmer.

Mittlerweile war knapp eine Stunde vergangen und ich platzte beinahe vor Neugierde, was Zyran in der letzten Stunde zu erledigen hatte. War es etwas Schlimmes? Fing er wieder an Geheimnisse vor mir zu haben? *Tief durchatmen, Evelyn. Denk nicht immer das Schrecklichste von ihm!*

Mehrere Sekunden lang versuchte ich, mich etwas zu beruhigen. Allerdings gelang es mir nicht ganz. Nachdem ich mir eines der wunderschönen dunkelblauen Kleider angezogen hatte, welches mir bis knapp zu meinen Knien reichte und mit funkelnden kleinen Steinen besetzt war, machte ich mich auch schon auf den Weg zum Speisesaal. Für den Moment dachte ich, ich würde mich verlaufen, fand dann allerdings doch den richtigen Weg. Vor der verschlossenen Tür zum Speisesaal blieb ich stehen und holte einmal tief Luft. Ein komisches Gefühl beschlich mich, als ich auf die Tür starrte.

Was verbarg sich dahinter, dass mein Puls so raste, und ich spürte, dass selbst mein Dämon nervös wurde? Mit einem letzten tiefen Atemzug riss ich die große Tür auf und trat in den riesigen Raum ein. Sobald die Tür ins Schloss gefallen war, erblickte ich den Grund für mein rasendes Herz. Am Ende des Tisches saßen sich zwei Männer gegenüber. Zyran, welcher mir zugewandt dort saß, blickte sofort von dem Unbekannten zu mir.

Seine Augen wirkten so vertraut, doch im Moment auch meilenweit entfernt. Der mir fremden Person entging natürlich nicht das Öffnen und Schließen der Tür und genauso wenig, Zyrans Blick, welcher nun ununterbrochen auf mir lag. Ich wollte seinen Blick erwidern, doch etwas hinderte mich daran. Wie magisch wurde ich von dem Fremden angezogen, der sich nun langsam zu mir umdrehte.

Ich konnte das leise Keuchen nicht verbergen, als sich unsere Blicke trafen. Seine Augen waren so rot wie Feuer und leuchteten so hell wie die von Zyran. Seine Haut war beinahe so weiß wie Schnee und sein Haar dunkelbraun, das ohne Licht beinahe schwarz aussah. Seine Statur war breiter als die seines Gegenübers, jedoch nicht im negativen Sinne, nein, dieser Mann war genauso muskulös wie Zyran, wenn nicht sogar ein wenig mehr. Sein Anzug war schwarz und wirkte königlich, dabei entgingen mir nicht die kleinen roten Rubine auf seinen Schultern.

Sein Blick fesselte mich und ich wagte es kaum noch zu atmen. Ein leichtes Lächeln schlich sich auf die Lippen des teuflisch schönen Mannes. Wer in Joruns Namen war das?

»Evelyn, darf ich vorstellen, mein Bruder Caidan«, flüsterte Zyran beinahe.

Ruckartig huschte mein Blick zu ihm. Was hatte er gerade eben gesagt? BRUDER?! Dieser Mann war sein verdammter Bruder?! Sprachlos sah ich zwischen den beiden Männern hin und her. Diese Herren konnten niemals Geschwister sein, sie sahen sich kein bisschen ähnlich. Weder das Haar noch die Augen noch andere Dinge sahen dem anderen ähnlich. Log Zyran mich etwa schon wieder an? Versuchte er mich zu betrügen, mit einer Lüge, die sich so leicht enttarnen ließ?

KAPITEL 41

- CAIDAN -

Verwirrt sah sie immer wieder von Zyran zu mir. Hatte er ihr etwa bisher nichts von mir erzählt? Wie wenig wusste dieses arme Ding tatsächlich? Mein Bruder schien sie bei allem im Dunkeln zu lassen, doch wieso? Was nutzte sie ihm, wenn sie doch nichts wusste? Sie wusste weder, dass sie zum Teil Dämon und zum Teil eine Göttin war, noch, wie sie ihre Kräfte kontrollierte. Sie wusste nichts von ihrer Herkunft, noch warum sie von den Hexen so sehr gehasst wurde. Sie war so ahnungslos und lief geradewegs in ihren eigenen Tod und das, ohne es zu wissen.

Da sagt man, ich wäre das Monster der Familie, doch mein Bruder hatte sich seinen Titel wirklich verdient. Nicht ich war dazu bestimmt, Lucifers Platz einzunehmen. Er war es und gerade zeigte er mir erneut, dass es einen Grund dafür gab, warum Vater ihn ausgewählt hatte.

»Die Unsterblichkeit steht dir, Evelyn«, sagte ich mit rauchiger Stimme und sah dabei zu, wie sich eine leichte Gänsehaut auf ihrem Körper bildete. *Interessant.*

»Unsterblichkeit?«, fragte sie mit leiser Stimme und aufgerissenen Augen.

Ich seufzte und wandte mich Zyran zu. »Erzählst du dem armen Ding denn überhaupt etwas?«

Laut knurrte Zyran, seine Muskeln angespannt, während er mich mit seinen Blicken töten wollte. Oh, diesen Blick kannte ich nur zu gut.

»Hast du ihr wenigstens gesagt, dass sie schwanger werden kann, wenn ihr miteinander fickt?«, provozierte ich ihn etwas. Breit fing ich an zu grinsen, als Zyran von seinem Stuhl aufsprang, sodass dieser mit einem lauten Knall zu Boden fiel. Hart schlug er mit der flachen Hand auf die Tischplatte. »RAUS!«

»Na na, Bruderherz. Warum denn plötzlich so gereizt?« Ich trug weiterhin mein selbstgefälliges Grinsen im Gesicht, während ich von meinem Stuhl aufstand und mit großen Schritten auf Evelyn zuging.

Ich hörte ihr rasendes Herz, hörte ihren stockenden Atem und sah die leichte Unsicherheit in ihrem Blick. Ich ging an ihr vorbei, blieb jedoch direkt hinter ihr stehen und beugte mich langsam zu ihr hinab. Neben ihrem Ohr stoppte ich, meine Augen dabei auf Zyran gerichtet, welcher so aussah, als würde er jeden Augenblick explodieren. »Du bist ein Dämon, du hast die Unsterblichkeit schon immer in dir gehabt und als du dich mit ihm verbunden hast, wurde diese Kraft in dir manifestiert. Dämonen haben selbstheilende Fähigkeiten, nichts kann dich noch umbringen.«

Im Augenwinkel sah ich, wie sie sich anspannte, und erneut bildete sich eine Gänsehaut auf ihrem Körper. Auch mein Dämon begann leise zu schnurren, als er ihren Geruch in sich aufnahm. *Shit!*

»Wenn du wirklich herausfinden möchtest, wer du bist und was um dich herum geschieht, dann komm zu mir, du bist jederzeit in meinem Reich hinter dem großen schwarzen Berg willkommen«, flüsterte ich hier so leise zu, dass es Zyran nicht hören konnte. Anschließend löste ich mich abrupt von ihr und machte mich auf den Weg aus dem Speisesaal. Kurz vor der Tür drehte ich mich noch einmal zu meinem Bruder um. »Wir sehen uns bald wieder«, brummte ich verheißungsvoll und stürmte anschließend aus seinem Schloss.

Erst als ich wieder zuhause ankam, konnte ich zum ersten Mal wieder richtig atmen. Wieso machte es mich so wütend, dass mein Bruder Evelyn so viel verheimlichte? Es sollte mir verdammt noch mal egal sein! Sie sollte ein Mittel zum Zweck sein, so wie all die anderen Opfer, welche es vor ihr gab. Ich hörte meinen Dämon missbilligt knurren. *FUCK MAN! WAS IST NUR LOS MIT MIR?!*

Voller Wut auf mich selbst und auf diese abgefuckte Situation schlug ich mit der Faust in die Steinwand in meinem Eingangsbereich. Mein Schlag durchbrach das Gestein, als wäre es ein Blatt gewesen, und zurück blieb ein riesiges Loch.

»SHAWN!«, schrie ich aufgebracht durch das leer wirkende Schloss. Gerade seinen Namen ausgesprochen, schon tauchte der dürre Dämon vor mir auf. »Reparier das Loch und bring mir Nahrung. Was Wildes, ich habe Lust auf eine kleine Jagd.«

Bei meinem letzten Satz legte sich ein hinterhältiges Grinsen auf seine Lippen.

»Natürlich. Ich setz sie raus in den Garten.«

KAPITEL 42

- Zyran -

Pure Eifersucht brannte durch meinen Körper wie tobendes Feuer. Ich spürte Evelyns Emotionen. Ihre Wut, Unsicherheit, ihr Verlangen. Tausende Gefühle kreisten durch ihren Kopf und auch meine Emotionen fingen an zu randalieren.

Zu der brennenden Eifersucht kamen nun auch ein Hauch von schlechtem Gewissen und Wut, Wut auf meinen verdammten Bruder!

»Hattest du jemals vor, mir von ihm zu erzählen?«, fragte mich eine sanfte Stimme. Sofort sah ich wieder zu Evelyn, die ein paar Schritte auf mich zu machte und an der Ecke des Tisches mir gegenüber stehen blieb. Mein Gesichtsausdruck musste ihr Antwort genug gewesen sein, denn kurz nachdem sie mich angesehen hatte, schimmerten Tränen in ihren Augen.

»Wäre ich nicht gerade hereingekommen … du hättest ihn niemals erwähnt, oder?«

»Evelyn, ich –«, versuchte ich mich zu erklären, wurde jedoch sofort harsch von ihr unterbrochen. »Wage es ja nicht! Tische mir jetzt keine weitere Lüge oder Ausrede auf. Ich habe langsam genug davon! Andauernd schließt du mich aus. Hätte Fynn dich nicht jedes Mal überredet, wüsste ich noch immer nichts. GLAUBST DU WIRKLICH, ICH WÄRE DIR OHNE SEINE HILFE JEMALS IN DIE VERDAMMTE HÖLLE GEFOLGT?« Ihre Stimme war laut und pulsierte vor angestauter Macht.

Ich schluckte schwer, denn ein ungutes Gefühl machte sich langsam in mir breit. »Noch nicht einmal, nachdem ich dir meine Seele geschenkt hatte, teilst du dich mir mit. DU VERFLUCHTES, WIDERWERTIGES ARSCHLOCH!« Ihr lautes Fluchen verwandelte sich in einen dröhnenden Schrei.

Gänsehaut breitete sich auf meinem gesamten Körper aus und sofort roch ich die wilde Magie, die von ihr ausging. Ich riss erschrocken die Augen auf, als ich sie ansah. Ihr Haar war so weiß wie Schnee und leuchtete beinahe so hell wie ein Stern. Die Augen waren kalt wie Eis und dennoch funkelten sie heller als je zuvor. Um ihre geballten Hände bildeten sich kleine hellblaue Flammen, die immer heller strahlten. Ihre Kleidung nahm die Gestalt ihrer Wut an und verwandelte sich in einen tobenden Nachthimmel – ein Wirbelsturm der Nacht. Um ihr wundervolles Kleid bildeten sich dunkle, wütende Wolken. Sie bemerkte es zuerst nicht, zu sehr war sie von ihrer Wut geblendet. *O fuck, das könnte gleich richtig wehtun.*

»Hast du denn überhaupt nichts zu sagen?«, fragte sie mit dunkler Stimme.

Weiterhin konnte ich sie nur anstarren, wusste nicht einmal, was ich hätte sagen sollen, selbst wenn sie sich gerade nicht verwandeln würde.

»Ich hasse dich«, flüsterte sie plötzlich, so leise, dass ich es kaum hören konnte.

In ihrer rechten Hand entzündete sich eine immer größer werdende Flamme und genau in diesem Moment schien Evelyn die Veränderung an ihrem Körper zu bemerken. Doch anders als gedacht bekam sie keine Angst davor. Stattdessen sah sie von der riesigen Flamme erneut zu mir. Ein lauter Schrei löste sich aus ihrer Kehle, als sie mit der Hand ausholte und die eisige, wilde Flamme auf mich feuerte. Ich wollte ihrer Wut ausweichen, doch ihre Flamme war schneller als ich. Ein lautes Brüllen löste sich aus meiner Kehle, als mich das wütende Feuer direkt an der Brust erwischte und mich einige Meter nach hinten schleuderte.

Scheiße, sie war wirklich mächtig! Sie hatte mir nicht nur eine Rippe, sondern gleich sechs gebrochen. Mein Fleisch war verbrannt und Blut floss aus der riesigen Wunde in meiner Brust. Mit großen Augen sah ich zu der atemberaubenden Frau vor mir. In ihren Händen waberten noch immer diese hellblauen Flammen. Sie hatte ihre Magie selbst erwachen lassen. Ich staunte, als Evelyn leicht in die Lüfte abhob und von oben auf mich herabsah.

Ihr strahlender Blick wich von meinen Augen zu meiner Wunde, welche nur langsam heilte und höllisch schmerzte. Schock breitete sich in ihren Augen aus. Nach und nach schwand ihre Magie und die strahlenden Augen sowie das leuchtende Haar wurden wieder normal. Panik war in ihrem Gesicht zu erkennen, als sie auf mich zugerannt kam und ein paar Schritte vor mir stoppte. Ihre Augen waren weit aufgerissen. »Scheiße Zy, ich – es tut mir so leid, das wollte ich nicht!«, krächzte sie voller Sorge.

Trotz der Schmerzen bildete sich ein ehrliches Lächeln auf meinen Lippen. »Du siehst atemberaubend aus, wenn du deine wahre Gestalt annimmst.«

Die Panik wechselte zu Verwirrung und sie runzelte die Stirn. »Sieh dir nur dein Haar an. Nun hast du das gleiche wie deine Mutter.«

Noch mehr Verwirrung breitete sich in ihrem Blick aus. »Was?«, fragte sie und sah immer wieder zwischen mir und meiner fast verheilten Wunde hin und her.

Mit etwas Mühe raffte ich mich aus der liegenden Position auf und klopfte mir den Staub von der Hose. »Ich mochte das Hemd«, murmelte ich, als ich auf den kaputten Fetzen starrte. Für einen kurzen Moment sah ich sie lächeln, bevor ihr Blick auch schon wieder voller Sorge war. »Es tut mir so leid, Zy. Ich wollte dich wirklich nicht verletzen. Ich war wütend … ich habe die Kontrolle verloren.«

»Das hast du, doch dafür trainieren wir ja. Bald wird dir so etwas nicht mehr passieren.«

»Du willst mich noch trainieren?«

Ich schmunzelte. »Definitiv. Außerdem scheint es mir, als würden wir Fortschritte machen, was unsere Beziehung angeht.«

»Ach ja, was lässt dich das glauben?«, fragte sie und hob dabei eine Augenbraue an.

»Du hast mich gerade zweimal hintereinander Zy genannt.«

Mit einem leisen Lachen verdrehte sie die Augen. »Bevor du dir zu große Hoffnungen machst. Würde ich sagen, du schuldest mir erst einmal ein paar neue Antworten. Zu deinem Bruder und mir!«

Ich schluckte schwer, nickte jedoch. »Na los, essen wir etwas und dann darfst du mich gerne durchlöchern. Doch danach gehen wir noch eine Runde trainieren, egal wie dieses Gespräch endet. Deine Magie übermannt dich schneller, als ich angenommen hatte. Es könnte ein riesiges Chaos geben, wenn deine Magie dich schneller beherrscht als du sie!«

Ich sah den Anflug von Angst in ihren Augen, doch auch Evelyn nickte nur und begab sich anschließend an den Tisch, wo sie sich auf den Platz setzte, auf welchem bis vor wenigen Sekunden noch mein Bruder gesessen hatte.

KAPITEL 43

- EVELYN -

Nachdem ich den letzten Bissen meines Essens heruntergeschluckt hatte, sah ich abwartend zu Zyran auf. Es dauerte nur wenige Sekunden, da bemerkte er auch schon meinen starrenden Blick. Ich brauchte Antworten. Richtige Antworten, sonst würde sich das Ganze hier wirklich noch in eine falsche Richtung entwickeln.

Mit einer flüchtigen Handbewegung ließ er die leeren Teller verschwinden, faltete die Hände vor sich auf dem Tisch und schenkte mir seine vollkommene Aufmerksamkeit, um meine sehnsüchtig erwünschte Konversation zu starten.

»Was möchtest du wissen?«

»Alles Zyran. Ich möchte verdammt noch einmal alles wissen und das weißt du auch! Denn das habe ich bereits mehrfach klargestellt!«

Er schloss für einen Moment die Augen und nickte entschlossen. »Caidan ist mein älterer Bruder. Er lebt in einem Reich direkt hinter dem großen Berg. Er besitzt einen Teil der Hölle, genau wie ich es tue. Ihm gehört eines der vier Völker. Ich kann dir den Namen seines Reiches noch nicht mitteilen, denn das ist eine andere Geschichte, für die du noch nicht das ausreichende Wissen hast.«

Genervt verdrehte ich meine Augen. Ich wollte bereits protestieren. Eine erneute Ausweichung in unserer Konversation und ein weiterbestehendes Geheimnis in meinem Leben.

»Mein Bruder hat vor etwa fünfzig Jahren eine Frau geheiratet. Sie war ein Dämon höherer Klasse. Bis sie vor etwa einem Jahr auf tragische Weise gestorben war. Durch sie hatte er Frieden mit seinen inneren Dämonen geschlossen. Er hatte sein Haus unter Kontrolle und seine Leute, er war ein guter Herrscher. Doch dann geschah es … Er fand sie tot vor seinem Haus. Seine Seele verdunkelte sich erneut, doch dieses Mal war sie nicht grau, sondern schwarz geworden. Er wurde unberechenbar, nutzte sein Portal zum Reich der Menschen, um Kriege zu verbreiten, um noch mehr Hass zwischen den magischen und nichtmagischen Wesen zu entfachen.«

Ich schluckte schwer. Der Mann, welcher dort eben vor mir stand, hatte bereits etwas Furchterregendes an sich, doch diese Geschichte ließ mein Blut nur noch mehr zu Eis gefrieren. Ich versuchte, nicht weiter darüber nachzudenken, wollte schließlich noch mehr Antworten von Zyran, bevor er sich wieder vor mir verschloss. Ich holte mehrmals tief Luft, um meine Stimme zu finden und als ich der Meinung war, normal sprechen zu können, fragte ich ihn: »Und was meintest du mit meinen Haaren? Du hast gemeint, ich würde nun aussehen wie meine Mutter.«

»Du vergisst Evelyn, deine Mutter war eine Göttin. Deine Magie war all die Jahre wie hinter einer Mauer eingesperrt. Dein Haar war dunkler oder besser gesagt mehr blond als weiß, und deine Gestalt normal und grau, verlassen von deiner Magie und deinem göttlichen Glanz. Sie war wie zu Eis erstarrt oder wie in einem tiefen Schlaf gefangen. Doch jedes Mal, wenn dir ein Zauber gelungen war, ob beabsichtigt oder nicht, oder du deine Magie auf irgendeine Weise berührt hattest, hast du einen Riss in dieser Mauer erschaffen. Deine Magie erwachte nach und nach und versuchte ebenfalls, sich von der anderen Seite zu befreien. Als du durch das Portal gestiegen warst, ist nicht nur dein Dämon erwacht. Dieser war die erste Lösung zum Erwecken deiner Magie. Dort fingen dein

Haar und dein Körper auch damit an, sich zu verändern. Als du dich dann auch noch durch das Trinken von Blut mit ihm verbunden hattest, konntest du mit seiner Hilfe die Mauer durchbrechen. Deine Magie war noch … sagen wir müde, aber befreit, und als du gerade die Kontrolle verloren hattest, ist sie vollkommen erwacht! Nun ist alles vollbracht und es fehlt nur noch die Übung.«

Vollbracht? »Vollbracht?«, fragte ich ihn irritiert und sah dabei zu, wie ihm die Gesichtszüge für den Hauch einer Sekunde entgleisten.

»Eine Redewendung. Nicht von Bedeutung«, betonte Zyran schnell.

Zu schnell, wenn man mich fragt.

»Deine Mutter besaß das gleiche weiße Haar wie du«, fügte er schnell hinzu, was mich für den Moment aus dem Konzept brachte und mich seine merkwürdige Situation vergessen ließ.

Mit einer schnellen Bewegung stand er von seinem Platz auf und sah auf mich hinab.

»Und jetzt los! Wir wollen schließlich noch trainieren.«

KAPITEL 44

- EVELYN -

Während ich mir eine graue Stoffhose und ein Hemd anzog, machte sich Zyran daran, mir den Ablauf unseres Trainings zu erklären.

»Warte, warte, warte«, unterbrach ich ihn und stoppte ebenfalls damit, mein Hemd zu schließen. Mit gerunzelter Stirn sah er zu mir. »Was ist?«

»Sagtest du gerade, Nadia und Fynn würden mit uns trainieren?«

»Nicht unbedingt mit uns, aber ja. Ich halte es für eine gute Idee, dass auch Nadia sich zu verteidigen weiß, schließlich besitzt sie nicht den Hauch von dämonischem Blut und Feinde gibt es in der Hölle, wie Sand am Meer.«

»Dann wird Fynn sie trainieren?«, fragte ich und erhielt daraufhin ein Nicken von ihm.

Fynn und Nadia? Na, ob das so gut gehen wird …

Etwa eine halbe Stunde später standen wir zu viert auf dem Feld. Nadia sah unentschlossen zwischen den beiden Dämonen hin und her, während sie Zyrans Idee zu ihrem Training lauschte.

»Ich besitze Magie«, unterbrach meine beste Freundin ihn.

»Es gibt Gegenstände, die sperren deine Magie und was dann? Glaubst du, du kommst gegen einen Dämon einfach so an?«, protestierte Fynn.

Nadia schnaubte. »Ich komme mit allem klar!«

Ohne seine Gedanken zu lesen oder ihn genauer beobachten zu müssen, wusste ich, dass Fynn dies als Herausforderung nahm. Ich grinste leicht, als er in übermenschlicher Geschwindigkeit auf sie zuging, sich hinter sie stellte und seine Hand um ihren Hals legte.

»Irgendwie kommt mir diese Situation etwas bekannt vor«, schnurrte Zyran leise.

Mein Blick schoss zu ihm, doch seine Augen waren weiterhin auf Nadia und Fynn gerichtet. Ich musste nicht lange überlegen, um zu wissen, an welche Situation er dachte.

»Nur war es in deinem Fall ein Messer.«

»Ich hätte auch meine Zähne einsetzen können, wäre dir das lieber gewesen?«

»Leck mich!«

»Später, Liebes. Zuerst kommt das Training.«

»Idiot, du weißt, so war es nicht gemeint.«

»Und dennoch stellst du es dir gerade vor.«

Erst, als wir unsere Konversation abbrachen, bemerkte ich, wie *leicht* mir das Sprechen in Gedanken fiel. *Lag dies ebenfalls an der Veränderung meines Körpers und meiner Magie? Oder war es nur Zufall. Hatten Zyran und ich womöglich doch eine engere Verbindung?*

Seit wir miteinander geschlafen hatten, hatten wir kein Wort mehr über die vermeintliche Seelenpartnerschaft verloren. Waren wir Seelenpartner? Aber hätte ich dies dann nicht spüren müssen?

In all den Romanen, die ich im Kloster gelesen hatte, hieß es, man müsste ihm nur in die Augen sehen und würde es sofort erkennen. War dies auch in der realen Welt so? Oder war dies auch nur ein Trugbild, wie die Vampire es waren. Schließlich handelte es sich bei meinen Büchern nur um Geschichten und nicht um die Realität, oder?

Meine kreisenden Gedanken wurden durch einen leichten Geruch, welcher mir in die Nase stieg, unterbrochen. Verwirrt sah ich mich etwas um, versuchte herauszufinden, woher er kam. Es roch irgendwie … süßlich? Doch woher sollte dieser Geruch kommen? Die Wiese war grau und ohne jegliche Blüte und auch bei den

Bäumen sah ich weder Beeren noch irgendwelche Pflanzen, die danach riechen konnten.

»Es ist Lust.«

Zyrans Worte halfen mir kein bisschen, weshalb ich zu ihm aufsah.

»Durch deine dämonische Seite nimmst du alle Gerüche viel intensiver war.«

Wie immer sprach er mehr in Rätseln, als dass er mir helfen würde.

Doch je länger ich über seine Worte nachdachte, desto näher schien ich der Lösung zu kommen. Und dann war es auch schon so weit. Voller Entsetzen sah ich zu Fynn und Nadia, welche sich noch immer in derselben Pose befanden. Unauffällig schnupperte ich in ihre Richtung und meine Vermutung schien sich zu bestätigen. Es war Nadia, welche diesen Geruch verströmte.

»Es ist Lust«, schossen mir Zyrans Worte erneut durch den Kopf. Nadia war … erregt?

Etwa wegen Fynn?! Bei Jorun, was hatte ich in den letzten Tagen bitte verpasst? Lief zwischen den beiden etwa mehr, als Nadia damals zugegeben hatte? Das Ganze schrie förmlich nach einem Mädelsabend und dieses Mal würde sie mir nicht so einfach davonkommen!

Kapitel 45

- Caidan -

Versteckt im Wald beobachtete ich die vier, wie sie sich in ihr Training stürzten. Während Fynn und Nadia zwischen ihren Übungen immer wieder irgendwelche Späße machten und sich mehr darauf konzentrierten, einander zu ärgern, als zu trainieren, sah Evelyn so aus, als würde sie jeden Moment umkippen.

Ihre Haut war matt und ihr Haar hatte den besonderen Glanz bereits seit einer halben Stunde verloren. Mit zitternden Gliedern und verkrampften Muskeln versuchte sie sich gerade daran, ihre Reißzähne trotz des Blutes vor ihrer Nase zu verstecken.

Ich hasste meinen Bruder! Sie war gerade einmal einen ganzen Tag verwandelt, wusste noch nicht einmal, wie ihr geschieht und schon soll sie ihren Drang nach Blut kontrollieren?

Wie lange hatte er damals gebraucht? Ich konnte mich noch genau an die Schläge unseres Vaters erinnern. Immer wenn wir unsere Zähne zeigten, bekamen wir einen Schlag mit der Feuerpeitsche ab.

Jeden Tag vier Stunden. Zyran hatte unseren Vater dafür verabscheut und auch wenn er Evelyn nicht schlug, war es dennoch Folter für sie. Schließlich zog er dieses Programm nun schon seit einer Stunde durch. Zuvor sollte sie Magie anwenden und davor sollte sie ihre wahre Gestalt zeigen und verstecken.

Alles hatte nicht wirklich funktioniert, aber was dachte Zy sich auch dabei? Wie sollte sie wissen, was zu tun war. Sie war ein neunzehnjähriges Kind, ohne Ahnung, wer sie überhaupt war. Er verlangte Dinge von ihr, von denen sie nicht mal wusste, dass sie so etwas konnte.

Ein Knurren drang aus meiner Kehle. Ich musste hier weg, sonst würde ich noch etwas tun, was ich vermutlich bald darauf bereuen könnte.

Entschlossen wirbelte ich herum und marschierte schnellen Schrittes zurück zu meinem Schloss. Kaum, dass ich die Eingangshalle betreten hatte, kam mein bester Freund auch schon auf mich zu. Neben sich zog er einen Mann her, dessen Haut schon beinahe grün war. Er würde jeden Moment kotzen, ich sah es in seinem Blick.

»Wen bringst du mir?«

»Edward Silver. Hat seine Tochter misshandelt und anschließend verhungern lassen«, antwortete er knapp. Ich schloss die Augen und saugte den Geruch der puren Angst ein. Ich gab ein zufriedenes Brummen von mir. »Das klingt doch mal nach Spaß. Bring ihn runter.«

Mein Befehl wurde natürlich sofort befolgt.

Mit zufriedenen Schritten ging ich auf meinen Folterwaffenschrank zu und holte mir ein stumpfes Taschenmesser, eine Metallstange und zwei Stahlnägel heraus.

Mein Dämon summte zufrieden, allein schon bei dem Gedanken, diesem Mann gleich Höllenqualen durchleben lassen zu dürfen.

Bei allen Sünden, dies war mir oftmals meine liebste Pflicht in diesem Haus.

»Bitte …«, röchelte der alte Mann. Schlapp hing er im Stuhl, seine Hände auf die Lehnen gefesselt und seine Füße an die Stuhlbeine. Mit dem Messer hatte ich ihm seine beiden Zeigefinger abgesäbelt. Dadurch, dass das Messer stumpf war, hatte es eine ganze Weile gedauert, allerdings muss ich sagen, hat es mir um einiges mehr Spaß gemacht als dem alten Mann hier vor mir.

»Sag mir eins Edward. Hast du aufgehört, als deine Tochter dieses Wort in den Mund nahm?«, fragte ich voller Verachtung.

»N-Nein.«

»Nein, korrekt. Wieso also sollte ich dann aufhören?«

Schweiß tropfte ihm von der Stirn und Tränen rannen seine Wangen hinab. Schwach sah er zu mir auf, sagte jedoch kein Wort. Er wusste genauso wie ich, dass es keine Rechtfertigung gab.

Mit teuflischem Grinsen nahm ich die Metallstange in die Hand. Pure Angst breitete sich in seinem Gesicht aus, als er dabei zuschaute, wie meine roten Augen anfingen zu leuchten.

Die Panik in seinem Gesicht stieg noch weiter an, als er sah, wie die Stange langsam zu leuchten begann.

»O ja Edward, das Ding wird jetzt heiß!«, schnurrte ich zufrieden und warf die Stange einmal nach oben. Locker fing ich sie wieder auf und bevor er es überhaupt bemerken konnte, stieß ich ihm das heiße Metall in den Arm.

Er schrie laut auf. Langsam und mit viel Kraft drückte ich sie immer mehr gegen seine Haut. Ich hörte, wie seine Haut riss, roch, wie das verbrannte Fleisch zu kochen begann und wie das Blut aus seiner Wunde floss.

Sein Schreien wurde lauter, schriller, gequälter. Mit innerlicher Befriedigung sah ich dabei zu, wie sich der Stab durch seinen Oberarm bohrte und sich langsam den Weg durch ihn hindurch bahnte. Durch mein geschärftes Gehör konnte ich genaustens hören, wie die Sehnen und Nerven in seinem Arm rissen, wie das verbrannte Fleisch das Blut stoppte und die Wunde beinahe komplett verschlossen war.

Sobald die Stange durch seinen Arm ragte, zog ich sie wieder heraus. Es stank fürchterlich, doch der alte Mann würde diese Qualen noch ein paar Mal durchmachen müssen. Durch die Hitze war die Wunde beinahe komplett verschlossen. Nur wenige Tropfen Blut traten aus dem etwa fünf Zentimeter breiten Loch heraus.

»BITTE, BITTE … ES TUT MIR LEID!«

Laut fing ich an zu lachen. »Du bist in der Hölle, Edward. Dein tut mir leid kannst du dir in deinen dreckigen Arsch schieben!«

»AHHH!«, schrie er ein weiteres Mal laut auf, als ich die Metallstange erneut in seinem anderen Oberarm versenkte.

Mehrere Löcher zierten nun seine Arme und Beine und die Ohnmacht schien ihn beinahe eingeholt zu haben. Sein

Kopf sank ihm zwischen die Schultern und sein Atem kam nur noch in langsamen Stößen.

»Nicht schlapp machen, alter Mann.« Fest schlug ich ihm gegen seine Wange, sodass er ruckartig seine Augen öffnete und versuchte, seinen Kopf anzuheben.

»Was hältst du von einem letzten kleinen Spielchen?«

»Bitte …«, nuschelte er leise vor sich hin.

»Bitte? Du flehst mich schon an? Ich hab doch gewusst, dass dir unsere Spielchen gefallen.«

Wieder erschien das zufriedene, breite Grinsen auf meinen Lippen, als ich die Stahlnägel in die Hand nahm und sie ihm vors Gesicht hielt. Seine bereits blasse Haut verlor in diesem Moment den letzten Hauch an Farbe.

»Mögen die Götter mir beistehen«, kam es piepsend von ihm.

Schrill begann ich erneut zu lachen. »Schon vergessen, du bist in der Hölle. Keiner deiner Götter kann dich hier hören. Die Hölle betritt niemand freiwillig, vor allem kein *Heiliger*.«

Mit diesen Worten griff ich in sein klitschnasses Haar und riss seinen Kopf daran zurück. Mit entsetzter Miene sah er zu mir auf, seine Augen auf die Nägel gerichtet.

»W-Was habt ihr vor …«

»Das«, gab ich knapp zurück und rammte ihm den ersten Nagel direkt in seinen Augapfel.

Sein Schrei war ohrenbetäubend, verklang jedoch, als ich ihm den zweiten Nagel in sein anderes Auge stieß.

KAPITEL 46

- KLAYRA -

14H VOR MEINEM TOD

Er hatte zugestimmt! Dieser Dämon hatte mit seinem Blut geschworen! Ein Leben für ein Leben. Evelyns Leben war gesichert und somit auch unsere Zukunft. Jetzt musste ich nur noch hoffen, dass dieser Dämon Evelyn alles zeigte. Er musste ihre Macht wecken, er musste sie trainieren – nur ein Dämon konnte dies tun. Die Magie der Hexen wirkte anders als ihre, also selbst wenn ich ihre Magie erweckt hätte, wäre sie durch ihre eigene Macht gestorben.

Ich kannte die Legende über ihre Mutter und ich wusste von dem Fluch, welcher über uns allen lastete. Ein Fluch, der unser aller Leben in Gefahr brachte.

Nur Evelyn allein war dazu in der Lage, diesen Fluch zu brechen, doch ich hatte keine Ahnung wie. Im Land der

Dämonen war der Fluch ausgebrochen, ausgelöst von den Hexen.

Mit den Jahren verbreiteten die Hexen immer mehr Lügen über den Fluch und keiner wusste mehr, was wahr und was gelogen war. Ich musste hoffen, dass den Dämonen ihr Reich so wichtig war, dass sie keine Legenden erfanden. Evelyn musste von ihrem Schicksal erfahren, sollte wissen, wozu sie geschaffen war.

Ich konnte ihr davon nicht erzählen, allen voran, weil Trya mich davor umbringen würde und im Anschluss Evelyn.

O Jorun, bitte lass mich das Richtige getan haben!

»Versammlungsraum. Jetzt«, unterbrach Trya meine Gedanken und ich zuckte dabei kaum merklich zusammen. Was war denn nun los?

Mit einem komischen Gefühl im Magen folgte ich Trya zum Versammlungsraum. Als wir dort ankamen, saßen in dem Raum bereits vier andere Hexen darunter zwei mit ziemlich hohem Rang. Was machten die denn hier? Ich hatte bereits von ihnen gehört, doch ich hätte nie gedacht, dass sie ihren Stammplatz je verlassen und zu einem Kloster zurückkehren würden. Schließlich waren sie mindestens zehn Jahre Wächter eines Klosters und hatten danach mindestens vier Beförderungen hinter sich.

»Setz dich, Klayra. Es gibt viel zu besprechen«, kam es von Trya, welche sich anschließend auf den freien Platz neben mir setzte.

»Gut, kommen wir direkt zum Punkt, weshalb wir überhaupt hier sind.«, begann eine der höherrangigen Hexen das Gespräch. Die Dame musste etwa um die vierzig sein, hatte olivgrüne Augen und glattes orangenes Haar, welches sie zu einem strengen Zopf gebunden hatte.

Ihre Augen richteten sich auf mich, als sie auch schon fortfuhr: »Klayra – Trya erzählte mir, du würdest dich um Evelyn kümmern, stimmt das?«

Ich nickte knapp, gab ihr jedoch keine genaue Antwort darauf.

»Hast du jemals erlebt, dass sie Magie angewandt hatte, egal ob beabsichtigt oder nicht.«

»Nicht wirklich.«

»Nicht wirklich? Was soll das denn bedeuten?«

»Na ja, sie hat es geschafft, nach etwa einer Stunde eine Kerze anzuzünden, allerdings hatte sie danach ziemliche Kopfschmerzen und konnte kaum noch stehen, geschweige denn gehen.«

»Weiß sie irgendetwas von ihrer Herkunft?«, fragte sie weiter.

»Nein.«

»Von ihrer Magie?«

Ich schüttelte meinen Kopf.

»Sehr gut. Dann müssen wir uns ja keine Sorgen machen.«

»Weswegen sollte man sich denn Sorgen machen?« Die Hexe räusperte sich. »Das spielt keine Rolle, schließlich ist es nicht der Fall.«

»Wollt ihr die Kleine denn nun wirklich ermorden?«, fragte eine der Schwestern des Klosters. »Diese Frage kann ich nicht beantworten, bis auf Trya hat hier keine weitere Schwester die Befugnis zur genaueren Auskunft.«

»Wieso sind wir dann hier?«, fragte dieselbe Schwester.

»Ihr seid hier, damit sich jemand um die Vorbereitung von Evelyn kümmert. Ich habe euch eine Liste mit Dingen zusammengeschrieben, die wir brauchen werden.«

Ich sah, wie sie ihre Augen verdrehte, nahm anschließend aber dennoch den Zettel in die Hand, nur um dann mit der anderen Schwester den Raum zu verlassen.

»Klayra, ich möchte, dass du Evelyn weiterhin so behandelst, wie von Trya angeordnet wurde. Keine Zimperlichkeit, keine Freundlichkeit, nicht den geringsten Funken an Liebe oder Zuwendung soll sie erhalten. Verstanden?«

»Natürlich«, antwortete ich monoton.

»Gut, dann geh. Die nächsten Details sind nicht mehr für deine Ohren bestimmt.«

Schwer schluckte ich, als ich mich von meinem Stuhl erhob. »Kann ich mich noch mit einer Bitte an euch wenden.«

»Sprich, dann werden wir sehen.«

Ich sah der strengen Hexe in die olivgrünen Augen und erkannte nicht den geringsten Funken an Gefühle darin. Ob man den oberen Hexen diese austrieb? War so etwas überhaupt möglich? »Dürfte ich in Erfahrung bringen, wann und ob ihr Evelyn der … Dunkelheit überlassen wollt.«

»Du darfst nicht, aber eines kann ich dir preisgeben. Du wirst Evelyn in zehn Tagen das letzte Mal *trainieren*«, hörte ich zum ersten Mal die andere hochrangige Hexe sprechen, die bisher geschwiegen hatte.

Mit rasendem Herzen nickte ich. »Ich danke euch für die Auskunft.« Dann stürmte ich auch schon aus dem Raum und verschwand mit schnellen Schritten in meinem Zimmer.

Zehn Tage.

Evelyn blieben noch zehn verdammte Tage!

Ich musste darauf hoffen, dass dieser Dämon Evelyn wirklich retten würde.

Jorun, bitte steh deiner Tochter bei und hilf ihr!

KAPITEL 47

- NADIA -

✳

HEUTE

Es war ungewohnt, sie so zu sehen. Ich hatte keine Angst vor ihr und empfand auch keine Abscheu, welche ich anfangs befürchtet hatte zu empfinden, wenn sie zu einer von ihnen geworden war. Dennoch war es einfach so komisch.

Ihr Haar war strahlend weiß, ihre Augen leuchteten blau, so unnatürlich wie die von Zyran. Ihre Eckzähne waren spitz und dass Zyran sie vorhin mit Blut »geärgert« hatte, machte die ganze Situation nicht gerade leichter.

»Kannst du denn noch wie ein normaler Mensch etwas essen, oder kannst du dich von nun an nur noch von Blut ernähren?«, fragte ich Evelyn geradeheraus.

Wir saßen mittlerweile in meinem Zimmer auf meinem Bett und hatten es uns mit Keksen und heißer Milch gemütlich gemacht. Sie hatte bisher keines von beidem angerührt, weshalb mich die Frage noch brennender interessierte.

»Ich kann noch immer normales Essen und Trinken zu mir nehmen. Da ich nur zum Teil Dämon bin. Allerdings meinte Zy, dass ich ab und an etwas Blut trinken sollte, da mein Dämon sonst immer schwächer wird.«

»*Dein* Dämon? *Bist* du nicht der Dämon?«

Sie zuckte mit ihren Schultern. »Ganz ehrlich, Nadia. Ich verstehe es selbst noch nicht wirklich. Ja, ich selbst bin der Dämon, doch es ist, als hätte ich eine zweite Seele bekommen. Als wäre ich eine Person mit verschiedenen Geistern. Ich bin der Dämon und doch spricht er mit mir. Nicht mit Worten, aber wenn ich zum Beispiel in eine ungemütliche Lage komme, spüre ich, wie meine dämonische Seite mich warnt. Es ist, als würde ich ihn knurren hören und Zyran kann diesen Dämon spüren, wir sind über die dämonische Seite miteinander verbunden. Alle Dämonen sind das.«

Mein Gehirn versuchte, diese Informationen zu verarbeiten, allerdings tauchten in meinem Kopf nur noch mehr Fragezeichen auf. Mir war bewusst, dass Eve noch nicht sehr lange ein richtiger Dämon war, sie sich ebenfalls nicht auskannte und bis vor kurzem mit dieser Welt noch gar nicht vertraut war und doch war ich erleichtert, dass sie mittlerweile zumindest ein wenig über sich selbst wusste.

»Wie fühlt es sich an, nun da du deine vollkommene Macht erlangt hast.«

»Gut, aber auch ziemlich beängstigend. Ich wünschte nur, Zyran würde mehr mit mir reden. Ich weiß, er tut sich schwer damit, aber es ist einfach nur frustrierend. Er verrät mir nur etwas über sein oder mein Leben, wenn wir zuvor einen Streit hatten … auch von meiner Magie oder Ähnlichem will er mir nichts erzählen. Es ist doch aber mein verficktes Leben!«

»Und dennoch magst du ihn, hast mit ihm geschlafen und bist sogar das winzige Risiko einer Schwangerschaft plus Seelenbindung mit ihm eingegangen.«

»Woher −«

»Fynn hat es mir erzählt. Zwar nur grob, aber so viel, dass ich weiß, was hier zwischen euch geschieht oder geschehen kann. Hast du denn eine Verbindung zu ihm gespürt? Denkst du, ihr seid Seelenpartner?«

»Ich weiß es nicht. Zyran meinte, da ich nur zum Teil Dämon bin, kann es auch sein, dass ich gar keinen Seelenpartner habe.« Trauer schimmerte in ihren Augen.

Sie soll nun auf ewig hier leben und dann soll ihr das Glück auf Liebe verwehrt sein? Bei Jorun, wie unfair konnte ihr Leben eigentlich noch sein?

»Vielleicht dauert es aber auch einfach noch. Du hast jahrelang mit unterdrückter Magie gelebt, warst beinahe eine normale Sterbliche und nun bist du mächtiger als die meisten, die ich kenne. Denkst du nicht, dass es sein kann, dass sich dein Seelenband auch erst regenerieren muss? Oder dass du es anders wahrnimmst, als es in Zyrans Welt üblich ist?«

»Schon möglich«, murmelte meine beste Freundin leise und sah dabei ziemlich bedrückt aus.

»Hey, mach dir keine Gedanken. Egal, ob er dein Seelenpartner ist oder nicht, du wirst niemals allein sein, denn ich werde immer bei dir sein, komme was wolle.«

Ein liebevolles Lächeln erschien auf ihren zartrosa Lippen. »Komme, was wolle«, gab sie zurück und nahm mich dann fest in ihre Arme.

»Eve… auch wenn ich die Umarmung sehr genieße. Du bist mittlerweile um einiges stärker als ich.«

Leise kicherte sie, als sie sich wieder von mir löste. »Entschuldige.«

Plötzlich wurde ihr Gesicht wieder vollkommen ernst und hob dabei eine Augenbraue.

»Was?«, fragte ich sie. »Wir haben noch etwas anderes zu besprechen.«

»Ach ja? Und das wäre?«

»Was läuft da zwischen dir und Fynn?«

Und mit diesen Worten erstarrte ich vollkommen zu Eis.

KAPITEL 48

- EVELYN -

Nachdem ich Nadia ein wenig ausgequetscht hatte, machte ich mich auf den Weg zum Speisesaal. Ich hatte sie gefragt, ob sie ebenfalls etwas essen wollte, doch sie meinte, sie hätte noch keinen Hunger. Ich allerdings hatte das Gefühl, jeden Moment zu verhungern. Ich hoffe ich würde auch ohne Zyran etwas von den Bediensteten bekommen, sonst könnte ich einen Mord bald nicht mehr ausschließen. *Bei Jorun, ich hatte glaube ich noch nie solch einen Hunger!*

Im Speisesaal angekommen, standen zwei Bedienstete in dem Raum, einer bei dem langen Tisch und einer vor der Tür zur Küche. Ich marschierte auf den jungen Mann am Tisch zu.

»Ich habe Hunger«, sagte ich zu ihm, meine Stimme glich dabei einem leisen Knurren. *Scheiße, was war nur los mit mir?*

»Natürlich. Gibt es etwas Bestimmtes, was wir Ihnen zubereiten sollen?«, fragte der Mann und verbeugte sich vor mir. Das erinnerte mich an die kuriose Situation von damals, als Fynn mir einen Kuss auf meinen Handrücken hauchte und sich dabei ebenfalls leicht vor mir verbeugte. Noch eine Frage, die sich bisher noch nicht geklärt hatte.

»I-Ich denke nicht«, stotterte ich etwas unsicher.

»Das Fleisch vielleicht etwas blutiger als sonst?«, fragte er.

Blutig. O verdammt scheiße, natürlich! Blut. Ich hatte bestimmt wegen des Blutes solch einen Hunger. Zyran hatte so etwas in der Art mal erwähnt, als wir versuchten meine Kontrolle gegenüber Blut zu trainieren. Ich würde in nächster Zeit immer Blut wollen und das immer mehr.

Ich nickte dem jungen Mann zu, welcher anschließend seinen Kopf zu dem anderen Bediensteten wandte. »Du hast sie gehört!« Der andere Mann nickte ebenfalls nur und verschwand anschließend in der Küche.

»Setzt euch, Michael wird euch das Essen sofort herbringen«, sprach er und deutete auf einen der Stühle. Dankend setzte ich mich und nippte an dem Glas Rotwein, welches er mir bereitgestellt hatte.

»Wie ist dein Name?«, fragte ich ihn.

Ein leichtes Lächeln erschien auf seinen Lippen, als er eine weitere Verbeugung andeutete. »Rowan. Mein Name ist Rowan. Oberster Bediensteter im Speisesaal, inklusive was die Speisen anbelangt, welche Euch serviert werden.«

»Dann freut es mich sehr, dich kennenzulernen, Rowan.«

»Die Freude ist ganz meinerseits, Mylady.«

Röte schoss mir in die Wangen bei seiner Ansprache. »Bitte, nenn mich Evelyn.«

Und erneut deutete er eine Verbeugung an.

Kaum zwei Minuten später brachte Michael einen Teller voll dampfendem Essen. Er stellte ihn vor mir ab und ich leckte mir gierig über die Lippen.

Das Steak war leicht angebraten, jedoch nur so, dass es oben braun und innen noch vollkommen roh und blutig war. Neben dem Steak lagen ein paar gebratene Kartoffelscheiben und eine Scheibe Brot.

Schnell bedankte ich mich, bevor ich mich voll und ganz meinem Essen zuwandte. Wie gebannt starrte ich auf das Stück Fleisch und schnitt mir ein großes Stück davon herunter. Erneut leckte ich mir über meine Unterlippe und sah dem Bluttropfen zu, wie er an meinem Fleisch entlang rann.

Genüsslich schloss ich meine Augen, als ich es in den Mund nahm. *Verflucht, niemals hätte ich geglaubt, dass ich einmal beinahe komplett rohes Fleisch genießen könnte.*

Ich spürte, wie meine Reißzähne spitzer wurden, als meine Geschmacksknospen das Blut schmeckten. Das Training von heute Mittag hatte eindeutig nicht die Wirkung, welche sich Zyran erwünscht hatte. Zur Hölle das schmeckte viel zu gut und verdammt, ich wusste, wie falsch das war. Klar, ich war nun ein Dämon, doch es fühlte sich noch immer unglaubwürdig an, dass ich mich nun zum Teil von Blut ernähren musste und das Schlimmste daran war, es schmeckte auch noch so unglaublich gut! Es war zum verrückt werden …

Während ich die Speisen neben meinem Steak ignorierte und viel zu sehr auf das Blut konzentriert war, entging mir beinahe, wie sich die große Tür zu meiner Rechten öffnete. Erschrocken ließ ich meine Gabel fallen und sah zur Eingangstür. Ich schluckte schwer, als ich im Türrahmen nicht nur Zyran, sondern auch Caidan entdeckte. *Was machte er denn schon wieder hier?*

Ein breites Grinsen schlich sich auf Caidans Lippen, als er zwischen mir und meinem Teller hin und her sah. »Lass dich nicht von uns stören, Liebes«, kam es von Caidan, dessen Augen vor Entzücken funkelten.

»Wieso hast du mir nicht gesagt, dass du Hunger hast?«, fragte mich Zyran, der mit festen Schritten auf mich zukam.

»Weil ich mich um mich selbst kümmern kann.«, gab ich knapp zurück.

Zyran zog die Augenbrauen zusammen und blieb direkt vor mir stehen. Nun sah auch er auf meinen Teller und bemerkte meine ausgefahrenen Reißzähne. Er seufzte leise, schloss seine Augen und drückte mit Daumen und Zeigefinger seinen Nasenrücken.

»Eve …«, begann Zyran, wurde jedoch von Caidan unterbrochen, welcher nun neben ihm auftauchte. »Rohes Fleisch? So behandelst du deine Frau?«

Wütendes Feuer brannte in Zyrans Augen, als er zu Caidan sah.

»Wie bitte?«, knurrte er.

Caidan zuckte mit den Schultern. »Da bekommen meine Sklaven sogar besseres Essen. Sieh sie dir an. Sie ist seit, was? Achtundvierzig Stunden verwandelt und du glaubst, sie kann ihren Hunger einfach direkt ausschalten und ignorieren? Das ist Schwachsinn und reine Folter, das weißt du!«

»Ich versuche ihr zu helfen, Caidan!«, widersprach Zyran ihm und sah über den Rat seines Bruders alles andere als glücklich aus.

»Würdest du das tun, würde sie jetzt nicht allein am Esstisch sitzen und sich rohes Fleisch reinziehen.«

Ein bedrohliches Knurren drang aus Zyrans Kehle, welches von Caidan erwidert wurde.

»Bei Jorun! Hört auf euch gegenseitig anzupinkeln, das ist echt kindisch!«, schnauzte ich die beiden an, während ich von meinem Platz aufstand. »Michael, wirf das Essen einfach weg oder mach sonst was damit. Ich verzieh mich, mir ist der Testosteronspiegel in diesem Raum zu hoch.«

Wütend funkelte ich die Brüder an, die mich mit entsetzten Mienen anstarrten. *Gut so!*

Mit festen Schritten trat ich zwischen ihnen hindurch und ließ es mir dabei nicht nehmen, beide einmal kräftig anzurempeln. *Vollidioten!*

KaPITeL 49

- EVELYN -

Genervt von dem Verhalten der Brüder saß ich auf meinem Bett und las in einem kleinen Gedichtsbuch, das ich im Schloss gefunden hatte. Was veranlasste zwei Männer zu solch einem Verhalten? Was muss zwischen ihnen vorgefallen sein, dass sie sich so hassten? Ich seufzte laut, versuchte mich allerdings weiter, auf die traurigen und doch so schönen Gedichte zu konzentrieren. Nach allerdings zehn weiteren Minuten gab ich das Lesen auf, es hatte keinen Sinn meine Gedanken kreisten viel zu sehr um die beiden Männer. Ob mir Fynn oder Jade etwas verraten würde, wenn ich sie fragte? Erneut seufzte ich. Vermutlich nicht, schließlich erzählten mir die beiden so gut wie nie etwas. Wenn ich also etwas in Erfahrung bringen wollte, musste ich mich wohl oder übel an Zyran wenden und so wie ich ihn kannte, würde er mir ebenfalls nichts verraten.

Verdammt, kotzte mich dieses Verhalten an. Genervt schlug ich das Buch vor mir zu und legte es auf den kleinen Tisch neben meinem Bett. Angestrengt von der Grübelei, wischte ich mir mit der Hand übers Gesicht, als es plötzlich an meiner Tür klopfte.

»Hau ab, Zy.«, schnauzte ich. Trotz meines Protestes wurde die Tür geöffnet, allerdings trat nicht wie erwartet Zyran ein.

»Nicht Zy, nur ich«, kam es von Caidan, welcher mit erhobenen Händen in mein Zimmer trat.

Misstrauisch musterte ich die rotäugige Teufelsgestalt vor mir, wusste nicht was ich von seinem plötzlichen Auftauchen halten sollte.

»Was tust du hier?«, fragte ich geradeheraus, ließ den furchteinflößenden Dämon dabei jedoch nicht aus den Augen.

»Ich komme in Frieden«, gab er schmunzelnd zurück, was mich schnauben ließ.

»Wieso habe ich dann das Gefühl, dass Zyran keine Ahnung von deinem Besuch bei mir hat?«

Grinsend zuckte Caidan mit den Schultern. »Deine Gefühle trügen dich nicht. Doch keine Angst, ich werde dir nichts tun. Im Gegenteil, ich bin hier, um dir zu helfen.«

»Ach?«

Er nickte.

»Wer sagt, dass ich deine Hilfe brauche?«

»Niemand. Dennoch biete ich sie dir an.«

Weiterhin misstrauisch sah ich ihm dabei zu, wie er die Tür hinter sich schloss und weiter auf mich zukam. Einen Schritt von meinem Bett entfernt blieb er mir gegenüber stehen. Langsam steckte er eine Hand in seine Hosentasche und holte daraus ein Fläschchen hervor. Ohne eine komische Grimasse oder etwas anderes Auffälliges zu machen, hielt er es mir hin. Zögerlich nahm ich es in die Hand und starrte anschließend auf eine rote Flüssigkeit. Obwohl ich eine starke Vermutung hatte, um was es sich in dem Fläschchen handelte, fragte ich ihn: »Was ist das?«

»Blut. Ich finde Zyrans Methode nicht richtig, er sollte dich langsam daran gewöhnen und genau das biete ich dir hier an. Es sollte etwa eine Woche reichen, wenn du immer nur einen kleinen Schluck nimmst. So bist du weder im Dauerrausch des Blutes noch auf kaltem Entzug.«

»Woher weiß ich, dass du mich nicht vergiften möchtest?«, fragte ich den Dämon und beobachtete weiterhin genaustens seine Mimik, doch auch jetzt sah er mich so zuversichtlich und hilfsbereit an, dass ich nicht glaubte, er hätte dies vor.

»Wie ich bereits sagte, möchte ich dir helfen. Zyran ist zwar eindeutig der gefühlvollere Dämon, doch weiß ich genauso gut wie du, dass du dich bei ihm gänzlich nicht ganz wohl fühlst.«

Ich schnaubte. »Ach ja? Und was lässt dich da so sicher sein?«

»Mein Bruder behält gerne Dinge für sich. Hast du das nicht langsam satt? Immer musst du ihn darum bitten, dass er dir etwas erzählt. Ich bin mir sicher, er hat dir noch nicht einmal vom vierten Reich erzählt. Hat er dir denn wenigstens gesagt, dass du zu den obersten Dämonen gehörst, oder was du mit deinen Fähigkeiten in der Hölle anstellen kannst, oder –«

»Hör auf!«, stieß ich beinahe atemlos aus. Mein Kopf platzte beinahe und meine Gedanken kreisten wie wild. Verarschte mich dieses Arschloch, oder wollte er mir tatsächlich helfen und mir nur verdeutlichen, was Zyran mir alles verschwieg? FUCK!

»Geh bitte«, murmelte ich, senkte dabei meinen Kopf und starrte wie gebannt auf meine Hände.

»Denk darüber nach, Evelyn. Du weißt, wo du mich finden kannst.«

Gerade als ich ihn erneut aus meinem Zimmer verweisen wollte, hörte ich bereits, wie meine Zimmertür auf- und wieder zu ging. Mit Tränen in den Augen sah ich zu der geschlossenen Tür. Was sollte ich nun tun? Ich wusste nicht mehr weiter. Sollte ich Nadia von Caidan erzählen? Von den Sorgen, die mich bedrückten …

Nein, irgendwie fühlte sich das falsch an.

Tränen rannen unaufhaltsam meine Wangen hinab und ich spürte genau, wie meine Magie versuchte, mich zu übermannen. Ich würde jeden Moment erneut die Kontrolle verlieren. Fuck, fuck, FUCK!

Kapitel 50

- Caidan -

Ob sie mein Angebot wohl annahm? In Gedanken vertieft streifte ich durch den Wald über den Hügel, zurück zu meinem Reich. Normalerweise könnte ich mich mit einem einfachen Schnippen zurück in mein Schloss zaubern, aber ich brauchte dringend etwas Luft zum Nachdenken. Als ich mein Reich betrat, sah ich aus der Ferne bereits ein paar meiner Krieger trainieren. Mein bester Freund war gleichzeitig auch mein General und oberster Kriegsmeister. Ich vertraute ihm wie keinem anderen und ich wusste, dass alle neuen Krieger gut bei ihm aufgehoben waren.

Mit einer glücklichen Miene sah ich mich in meinem Reich um. Ich war wirklich stolz darauf, was ich alles in den letzten Jahrhunderten erbaut hatte. Mein Hof wurde mit den Jahren immer größer, stärker und vor allem enger. Mein Volk war wie eine riesige Familie, jeder würde für den anderen sterben und sind wir mal ehrlich, machte dies nicht ein richtiges Volk aus?

»Shawn!«, schrie ich nach meinem treuesten Diener, der sofort zu mir gerannt kam. Mittlerweile hatte ich den Eingang meines Schlosses erreicht und starrte dem blassen Mann entgegen. »Sir.«

»Bitte bereite unser größtes Gästezimmer vor. Es soll elegant sein, so elegant, dass es einer Königin würdig ist.«

Shawn verbeugte sich vor mir und murmelte: »Natürlich, ich werde mich sofort darum kümmern!«

Sobald seine Worte ausgesprochen waren, war der dürre Mann auch schon verschwunden.

Sie wird kommen, ich weiß es. Viel zu sehr wollte sie wissen, wer sie war, und ihrer Magie würdig sein, und so sehr ich meinen Bruder auch schätzte, er konnte ihr nicht das bieten, was sie im Moment brauchte. Die bittere und grausame Ehrlichkeit. Die Wahrheit über ihre Existenz.

Zur Hölle Zyran, du machst alles falsch bei ihr, was man nur falsch machen könnte! Das Mädchen hatte dir beinahe alles erzählt und du wusstest auch, wie sie von den Schwestern behandelt wurde, wieso also machst du nun die gleichen Fehler wie diese?

KaPITeL 51

- evelyn -

Müde saß ich noch immer auf meinem Bett, mein Kopf war so schwer, dass ich das Gefühl hatte, er würde mir jeden Moment von den Schultern rollen. Caidans Worte machten mir mehr zu schaffen, als ich zugeben wollte. Allerdings wollte ich auch noch nicht mit Zyran darüber sprechen, vielleicht war es also für den Moment am besten, wenn ich mich einfach hinlegen würde.

Ich stand schnell von meinem Bett auf und ging zu meinem Kleiderschrank, holte mir ein Nachtkleid heraus und ersetzte meine jetzige Kleidung durch dieses. Anschließend kämmte ich zügig mein Haar durch, putzte mir die Zähne und wusch mein Gesicht. Dann verkroch ich mich auch schon unter der warmen, flauschigen Decke und schloss meine Augen. Kaum hingelegt, spürte ich auch schon, wie ich langsam ins Land der Träume schwebte.

Geplagt von Albträumen, welche wie meist Trya beinhalteten, erwachte ich aus meinem Schlaf. Müde rieb ich mir die Augen und wischte mir mit der Hand einmal übers Gesicht. Ich blinzelte mehrmals, um den Schlaf endgültig zu vertreiben. Wie lange ich wohl geschlafen hatte?

Da es in der Hölle morgens, mittags und abends beinahe gleich im Himmel aussah, tat ich mir mit der Uhrzeitfindung etwas schwer.

Schnellen Schrittes machte ich mich also daran, mir eine dunkelgraue Stoffhose und ein weißes Hemd anzuziehen. Anschließend schlüpfte ich in meine Schuhe und erledigte schließlich den Rest im Badezimmer.

Nachdem ich mich fertig gemacht hatte, wollte ich bereits aus meinem Zimmer in den Speisesaal gehen, als mir das kleine Fläschchen von Caidan einfiel. Ich lief also zurück zu meinem Bett und kramte besagtes Fläschchen aus meinem kleinen Versteck heraus.

Ich schluckte schwer. Ich sollte das definitiv nicht trinken, und wenn ich das nun tat, war dies vermutlich die dümmste Entscheidung, die ich je gefällt hatte.

Vorsichtig löste ich den Korken der Flasche und hob das geöffnete Behältnis unter meine Nase. Eine wohlige Gänsehaut lief mir über den Rücken, als ich den Geruch von frischem Blut in mir aufnahm. Ich versuchte, mich so gut es ging zu konzentrieren, roch eine Weile daran, um einen anderen Geruch ausschließen zu können. Als ich mir ziemlich sicher war, dass er nichts zu dem Blut gemischt hatte, nippte ich ein wenig daran und verdammt, es war wie Himmel und Hölle zur gleichen Zeit. Mit zusammengebissenen Zähnen nahm ich einen kleinen Schluck von dem Blut, drückte anschließend schnell den Korken rein und ließ das Fläschchen, bevor ich die Flüssigkeit herunterschluckte, verschwinden.

Ein angenehmes Gefühl breitete sich in mir aus, ich spürte förmlich, wie mein Körper das Blut in sich aufnahm. Ich fühlte mich, als hätte ich Zyran betrogen, doch leider befürchtete ich, dass Caidan mit seiner Behauptung irgendwie recht hatte. Die Anspannung in meinem Körper ließ etwas nach und ich fühlte mich um einiges ruhiger. Seit der Verwandlung hatte ich nicht mehr solch einen inneren Frieden verspürt wie in diesem Moment.

Scheiße, kotzte es mich an, dass dieser Idiot an Caidan wahrscheinlich wirklich die Wahrheit gesagt hatte und mit seinen Worten richtig lag. Doch wenn er wirklich bei allem die Wahrheit gesagt hatte ...

Nein! Nein Eve, über so etwas solltest du gar nicht nachdenken!

Mehrmals atmete ich tief ein und aus, ich sollte womöglich doch mit Zy darüber reden. Entschlossen ging ich also zum Speisesaal, in der Hoffnung, er wäre dort. Ohne noch einmal darüber nachzudenken, öffnete ich die große Doppeltür und trat in den Raum ein. Ich hatte Glück, Zyran schien wohl gerade mit dem Essen fertig geworden zu sein, denn er stand in dem Moment auf, in welchem ich den Raum betreten hatte.

Zyran bemerkte mich natürlich sofort und wandte sich mir zu. Das Quietschen eines Stuhles riss mich von seinem Anblick los und erst jetzt bemerkte ich Jade, welche trotz fast vollem Krug den Ausgang ansteuerte. Als mein Blick wieder zu Zyran wanderte, war ich mir beinahe sicher, dass er sie weggeschickt hatte. Doch warum?

Ich hatte Jade nicht am Gehen hindern können, denn als ich wieder nach ihr sah, war sie bereits aus dem Saal verschwunden. *Okay, komm schon Evelyn, lass dich jetzt nicht von allem ablenken, du weißt, warum du hier bist!*

Erneut sammelte ich all meinen Mut und ging auf Zyran zu, der mir mit einem leichten Lächeln entgegenkam. »Wie hast du geschlafen, Kleines?«, fragte er.

»Gut«, antwortete ich knapp, da ich gerade nicht über meinen Albtraum sprechen wollte.

Sanft strich er mit seiner Hand über meine Wange, beugte sich zu mir herunter und hauchte mir einen Kuss auf meine Lippen. »Ich wollte dich nicht wecken, du hast gestern ziemlich fertig gewirkt.«

Fragt sich nur, warum?! »Ich habe bereits mit Jade deinen Trainingsplan für heute besprochen.« *O man, das Thema kam um einiges schneller auf als mir lieb war.*

Ich räusperte mich. »Ja, was das angeht. Könnten wir da noch einmal darüber sprechen?«

»Keine Sorge, wir gehen es heute ruhig an, ich habe ein paar kleine Übungen vorbereitet, die dir –«

»Zy, stopp. Können wir bitte zuerst darüber –«

»Alles gut, Eve. Wir haben wirklich alles besprochen. Jade meinte, für den Anfang wären die Übungen echt gut für dich und –«

»Zyran, hör mir doch bitte zu«, versuchte ich es erneut, doch er sprach einfach weiter. Die Ruhe, welche gerade so schön in mir geherrscht hatte, verschwand nach und nach und wurde durch rasende Wut ersetzt.

Ich wusste bereits, was gleich passieren würde. Bevor ich also meinen Gedanken zu Ende gedacht hatte, aus Angst, ich könnte ihm gleich wieder ein Loch in die Brust brennen, holte ich mit der flachen Hand aus und ließ sie laut krachend und mit voller Wucht gegen seine Wange knallen. Wie in Zeitlupe konnte ich verfolgen, wie sein

Gesicht zur Seite flog und seine Worte schlagartig verstummten. Entsetzt legte er seine Hand auf die leicht gerötete Wange und starrte mich aus glühenden Augen heraus an.

»Würdest du mir nun endlich zuhören?«, schnauzte ich ihn angespannt, aber mit ruhiger Stimme an.

Ein kaum erkennbares Nicken deutete mir an, dass ich sprechen sollte. »Dein Bruder hat mich gestern nach eurem kindischen Verhalten besucht«, startete ich die Konversation und Zyrans Augen weiteten sich langsam. »Wie bitte? Was wollte er von dir? Eve, egal, was er zu dir gesagt hat, er lügt!« Panik schwang in seiner Stimme mit und ich verringerte seine Sorge nicht gerade, als ich dann auch noch meinen Kopf schüttelte.

»Das denke ich nicht.«

»Eve, bitte …«

»SEI STILL! Und lass mich endlich ausreden«, unterbrach ich ihn direkt.

Missmutig schloss er seinen Mund, wartete mehr oder weniger geduldig, bis ich mit einer Rede fortfuhr.

»Er hatte mir von einer Methode erzählt, die mir helfen kann, mich an Blut zu gewöhnen.«

»Wie?«, fragte er knapp, doch ich sah ihm an, wie viel es ihm abverlangte, nicht mehr zu sagen.

»Er meinte, wenn ich jeden Tag nur einen winzigen Schluck Blut trinke, könnte ich mich besser daran gewöhnen, dann würde ich nicht mit und auch nicht ohne Blut trainieren. Um es zu versuchen, gab er mir eine kleine Flasche.«

»Mit Blut?«, fragte Zyran und ich nickte.

Ein ungutes Gefühl breitete sich in mir aus, als ich ihn laut ausatmen hörte und er für einen Moment seine Augen schloss.

»Bitte sag mir, dass du es nicht getrunken hast.«

Schwer schluckte ich. »Ich habe einen Schluck genommen.«

Und diese Worte reichten, um ihn zum Explodieren zu bringen. »Bist du nun völlig durchgeknallt?! Weißt du, was er da alles hinzugeben konnte?«

»Ich bin nicht dumm, Zyran. Ich habe es überprüft.«

»Überprüft? Das glaubst du doch selbst kaum.«

Genervt verdrehte ich meine Augen. »Ist doch egal, das spielt keine Rolle. Das Wichtige ist, ich glaube, es hat tatsächlich geholfen.«

»Ach, ist dem so? Dann hörst du von nun an lieber auf den Rat eines Fremden als auf den deines Freundes?«

»DU BIST DOCH GENAU SO FREMD FÜR MICH! Sag mir Zyran, wann hast du mir jemals etwas über dich erzählt. Freiwillig, ohne dass ich dich darum bitten musste.«

»Das hast du doch von Caidan, er hat dir so einen Schwachsinn zugesteckt, oder?«

Tränen stiegen mir in die Augen. Was hatte er denn plötzlich für ein Problem?

»Was ist denn nur los mit dir?«, fragte ich mit zitternder Stimme.

»Mit mir? Was ist los mit dir?!«

Ein Schluchzen drang aus meinem Mund. »Ich möchte doch einfach nur wissen, wer ich bin. Ich möchte trainieren, doch was ist so falsch daran, mehrere Lösungen zu versuchen?«

»Du meinst, wir sollen das tun, was mein Bruder sagt. Ist es das, was du willst?«

»Verdammt, was stimmt denn nicht mit dir? Ich wollte doch einfach nur mit dir reden und dir eine neue Idee vorschlagen, welche uns beiden womöglich helfen könnte!«, fauchte ich, spürte dabei jedoch, wie sich die Tränen ihren Weg über meine Wangen bahnten.

»Was kann ich denn für deine Dummheit? Mein Bruder hätte sonst etwas mit dir anstellen können und statt du mir direkt davon erzählst, handelst du auf eigene Faust und machst, was Caidan dir sagt?«

»Du nennst mich dumm? Ausgerechnet du, der sich gerade aufführt wie ein Kind? Ich habe keine Ahnung, welche Kerze bei dir im Kopf gerade den Geist aufgegeben hat, doch so langsam muss ich annehmen, dass dein Bruder mit einigen Dingen, die er gesagt hatte, doch recht hatte.«

Laut schnaubte er. »Handel einfach nicht auf eigene Faust, dann müssten wir solch eine Diskussion erst gar nicht führen.«

»Das hier ist noch immer mein Leben, Zyran und ich kann tun und lassen, was ich will!«

Ich sah, wie die Wut in ihm immer weiter anstieg. Es wunderte mich beinahe, dass seine Augen nicht bereits strahlten und noch keine Flammen darin tanzten. Doch während bei ihm die Wut die Oberhand gewann, stieg bei mir lediglich die Enttäuschung. Hatte ich mich wirklich so sehr in ihm getäuscht?

Laut hörte ich ihn seufzen. »Hören wir auf mit der Streiterei, das führt doch zu nichts. Vergessen wir einfach alles, was du gesagt hast, essen etwas und fangen dann zu trainieren an.« Seine Stimme war so ruhig und entspannt, das mir beinahe der Inhalt seiner Worte entging. Entschuldige? Wollte dieses verdammte Arschloch mich gerade verkohlen?!

Die Enttäuschung in mir erstarb und wurde erneut durch brennende Wut ersetzt. Ein zorniges Knurren drang aus meiner Kehle, als ich auf dem Absatz kehrt machte und aus dem Saal stürmte.

»WO WILLST DU HIN?«, rief Zyran mir hinterher.

»ERNEUT WIE EINE DUMME AUF EIGENE FAUST HANDELN. ICH GEHE ZU DEINEM BRUDER!«

Sprachlos ließ ich den bisher so lieben Mann zurück und machte mich auf den Weg in mein Zimmer. Schnell kramte ich alles Nötige zusammen und stürmte anschließend aus dem Schloss.

Mit rasendem Herzen versuchte ich, mich an Caidans Wegbeschreibung zu erinnern. Jorun sei Dank fielen mir seine Worte ein, und sobald ich über dem Hügel war, starrte ich auf eine riesige Festung hinab. Ich blieb stehen, denn irgendwie fühlte es sich falsch an, dort hinzugehen, doch im selben Moment fühlte es sich auch so verdammt richtig an. *Du schaffst das! Tu es für dich, du hast die Wahrheit verdient! Hoffen wir nur, dass Caidan auch die Wahrheit gesagt hatte, als er mir seine Hilfe angeboten hat.*

Ich holte ein letztes Mal tief Luft und dann machte ich auch schon den ersten Schritt auf Caidans Reich.

KAPITEL 52

- KLAYRA -

KURZE ZEIT VOR MEINEM TOD

Mein Werk war beinahe vollbracht. Die letzten acht Stunden hatte ich alles, was zu Jorun führte oder auf Evelyn deutete, verbrannt. Jegliche Bücher, Seiten, Skripte, meine Tagebucheinträge und auch den Brief von Jorun an Lucifer.

Ja, ich hatte damit auch jegliche Chance für Evelyn zerstört, etwas über sich herauszufinden, doch es war besser so. Sollte Evelyn nämlich etwas über ihre wahre Identität erfahren und Trya würde dies mitbekommen, würde dieses Kind keine zehn Tage mehr haben!

Müde rieb ich mir mit den Händen über mein Gesicht. *Komm schon Klayra, du musst wach bleiben! Du hast heute die Nachtschicht.*

Um nichts zu vergessen, ging ich gedanklich noch einmal alles durch. Ich dachte an jede Schwester, jeden Bruder, jeden Schüler und an jeden Raum, doch mir kam nichts mehr in den Sinn. Ich habe alles! Ich bin vorbereitet.

Mit schnellen Schritten zog ich mir die Robe aus und stattdessen meinen Trainingsanzug an. Anschließend machte ich mir meinen Zopf neu und trat dann aus meinem Zimmer.

»Bereit?«, fragte mich im Gang die Schwester, mit welcher ich heute die Nachtschicht antrat. Wir beide würden die Westseite der Mauer bewachen, sie wird im rechten und ich im linken Turm positioniert sein. Ich nickte ihr zu und wir machten uns anschließend auf den Weg.

Die Stunden vergingen wie im Flug, genauso wie es die Nacht tat. Nur noch vier Stunden, dann würde die Sonne aufgehen und meine Schicht würde beendet sein.

Mit aller Mühe versuchte ich, meine Augen aufzuhalten. Ich durfte nicht einschlafen! Meine Augenlider wurden immer schwerer und gerade als ich dachte, ich würde einschlafen, vernahm ich links von mir ein leises Geräusch. Ich riss die Augen auf, umgriff mein Messer etwas fester und drehte mich dann in die

Richtung, aus welcher das Geräusch kam. Gerade noch rechtzeitig konnte ich einen Schrei unterdrücken, als ich den riesigen, mir bekannten Dämon erkannte. Er stand nur wenige Zentimeter von mir entfernt und starrte mich mit einem breiten Grinsen an. Es war also so weit.

»Bereit zu sterben, kleine Hexe?«, fragte mich das Monster mit dunkler Stimme. Mein Herz raste und doch fühlte es sich an, als würde ich keine Luft mehr bekommen. Ich schob es auf die Nervosität, denn trotz dessen, dass ich mich auf meinen Tod vorbereitet hatte, hatte ich Angst. Schwer atmend nickte ich dem großgewachsenen Mann zu. Schnell stoppte ich ihn allerdings, als er seine Hände in Richtung meines Kopfes bewegte. Genickbruch, nicht gerade für die Situation geeignet. Ich ergriff seine Handgelenke, was er mit einem warnenden Knurren kommentierte. »Warte. Nimm das und schneide mir die Kehle durch, lass es aussehen wie eine Warnung an das Haus der Obersten«, flüsterte ich ihm zu.

Geschmeidig nahm er mir das Messer aus der Hand und starrte mich beinahe fassungslos an. »Ich wollte es schnell für dich machen, aber gut, dann eben so.«

Seine freie Hand legte er an meinen Hinterkopf, während er das Messer an meine Kehle legte. »Noch irgendwelche letzten Worte, Hexe?«

»Pass mir gut auf Evelyn auf«, krächzte ich meinen letzten Wunsch, bevor ich spürte, wie die Klinge meine Haut durchtrennte.

Langsam und als würde er es genießen (und ich war mir sicher, das tat er), ließ er das Messer durch meine Haut gleiten und schnitt meinem Hals entlang. Seine Augen brannten sich dabei in meine.

Panik breitete sich in mir aus, als mir das Blut die Luft abschnürte. Automatisch versuchte ich, Luft zu holen, doch das endete nur damit, dass ich ein erbärmliches Gurgeln von mir gab und mir dadurch nur noch mehr Blut in die Lungen lief. Ich krallte meine Finger in seine kräftigen Unterarme und bei Jorun, sein Blick saugte förmlich jede meiner Bewegungen ein.

Immer mehr verschwamm meine Sicht und die Schmerzen schienen immer leichter zu werden. Ich werde sterben, genau hier, genau jetzt. Mögen die Engel auf Evelyns Seite sein und sie heil aus diesem Kloster bringen und mögen die Dämonen so gütig sein und ihr ihre wahre Gestalt geben.

Ich spürte, wie meine Beine nachgaben und ich sie anschließend nicht mehr fühlte, hörte, wie ich nur noch gurgelnde Geräusche von mir gab und mich dabei wie verzweifelt an meinen Mörder krallte. Möge mein Opfer der Welt ihren Frieden schenken. Und gerade, als ich

dachte, ich würde nun friedlich ins Land der Toten reisen
können, pumpte mich mein Körper noch einmal mit dem
Rest meines Adrenalins voll. Noch ein letztes Mal klärte
sich meine Sicht und erneut sah ich in die Augen des
Monsters. Diese Augen. Bei Jorun, sie werden mich
sogar im Land der Toten noch verfolgen. Sie strahlten
große Macht aus, reine Dominanz und das pure Böse.
Dies waren die Augen des Teufels! Diese verdammten
roten Augen.

EPILOG

- Trya -

Heute

Als die obersten Ränge erfahren hatten, dass Evelyn uns entkommen war, wurden sie ziemlich wütend. Die Regentschaft schickte acht hochrangige Hexen zu mir, um an einem Plan zu arbeiten, welcher Evelyn zurückholen konnte. Mittlerweile waren zwei Wochen vergangen, seit die Hexen bei uns im Kloster angekommen waren.

»So könnte es funktionieren«, gab Akira von sich. Sie stand mit verschränkten Armen vor dem Tisch mit unseren Plänen. Sie war die einzige Hexe, welche ich bereits kannte, ihr orangenes Haar und ihre olivgrünen Augen würde ich überall wiedererkennen.

Sie war es damals, welche das Ultimatum stellte, wie lange Evelyn noch in unserer Obhut war. Klayra hatte sie danach gefragt und es hatte mich tatsächlich etwas überrascht, dass die Hexe ihr eine Antwort gegeben hatte. Dagegen wunderte es mich nun kaum, dass besagte Hexe nun das Kommando übertragen bekommen hatte, Evelyn zurückzubringen.

»Aber denkt ihr nicht, dass eine Reise zu neunt zu auffällig ist?«, fragte ich Akira.

Zustimmend nickte sie. »Das ist es, doch wenn wir einem ausgebildeten Dämon über den Weg laufen, werden wir so viel Magie, wie uns zur Verfügung steht, brauchen. Denn es darf kein Dämon überleben, er könnte Evelyn und das Gefolge warnen und dann wäre unser Plan gescheitert, bevor er überhaupt begonnen hat!«

Ich wagte es nicht, dieser strengen Dame zu widersprechen. Ich dachte immer, ich wäre unheimlich, doch Akira toppte wirklich jede Hexe.

Es musste viel Verantwortung auf ihren Schultern lasten, schließlich war sie der erste Offizier bei der Regentschaft.

»Packt alles zusammen und nehmt nur das Nötigste mit. Wir brechen in einer Stunde auf!«, mit diesen Worten verließ sie, gefolgt von den anderen sieben Hexen, den Versammlungsraum.

Laut blies ich all die angestaute Luft in meinen Lungen aus. Das würde ziemlich anstrengend werden mit ihr an unserer Seite. Sie war jemand, der nicht aufgab. Sie würde ihren Auftrag erfüllen, koste es, was es wolle. Ich war mir sicher, sie würde sogar bereitwillig einen oder mehrere von uns opfern, nur um an ihr Ziel zu gelangen.

Ich musste aufpassen und meine Umgebung gut im Blick behalten, wer weiß schon, was ein Offizier aus der Regentschaft noch alles so geplant und beauftragt bekommen hat.

Schnell sammelte ich all meine Nerven und begab mich dann in mein Zimmer, um die wichtigsten Sachen zusammenzupacken. Anschließend zog ich meine Trainingskleidung an und machte mich dann auf den Weg zum Innenhof. *Mach dich bereit Evelyn, wir kommen, um dich zu holen. Möge der Krieg beginnen und der Bessere gewinnen.*

Ende Band 2

Fortsetzung folgt ...

Danksagung

Vielen Dank, dass du dich dazu entschieden hast, mein
Buch zu kaufen und zu lesen.
Ich hoffe sehr, dass es dir gefallen hat und ich dein
Interesse am Weiterlesen wecken konnte.
Ich würde mich außerdem sehr über eine Rezension oder
ein paar Sterne von dir freuen!

Ein großes Dankeschön geht wieder an meine
Testleser: Marie, Naomi, Antonia, Janine,
Laurena, Michelle, Joanna und Tamina.
Ich danke euch für eure Unterstützung und Hilfe.
Ohne euch wäre mein Buch nur halb so
gut geworden.

Auch bedanke ich mich bei den Bloggern:
Michelle, Linda, Julia und Xenia, die für
mich auf TikTok und Instagram
geworben haben. Vielen Dank für eure Mühe
und die wundervollen Videos und Beiträge!

Auch geht wieder ein großer Dank an Lissy, die wie zuvor eine wundervolle Arbeit geleistet und mir wieder mega bei der Überarbeitung meines Buches geholfen hat.

Und natürlich geht mein größter Dank an alle Leser! Ich danke euch so sehr für den Support und es freut mich jedes Mal, wenn ich von euch hören oder lesen darf, wie sehr euch meine Buchreihe bisher gefallen hat!

Um nichts zu verpassen, schaut gerne bei mir auf
Instagram: @anniiestan_
TikTok: @anniiestan_
vorbei. Dort halte ich euch über Evelyn & Zyran sowie alle Neuigkeiten auf dem Laufenden.

Eure
AnniieStan

ÜBER MICH

Mein Pseudonym ist Anniie Stan und ich bin 2005 geboren. Seit 2020 schreibe ich Kurzgeschichten auf Wattpad und konnte dort schon mehrere tausend Leser mit meinen Geschichten begeistern.

Für mein Leben gerne schreibe ich Romantasy und Dark Romantasy. In meinen Büchern könnt ihr vor allem eine große Portion an Drama, Spannung und Düsternis finden.

Triggerwarnung

Dieses Buch enthält Elemente,
die triggern könnten.

Bitte lies dieses Buch nur dann, wenn du
mit den Warnungen keine
Probleme hast.

Diese sind:
Folter, Waterboarding, Blut, Gewalt, Beleidigungen &
Kraftausdrücke, Stalking, Gebrauch von Waffen
und sexuelle Inhalte

Diese Buchreihe wird erst ab 18 Jahren empfohlen.
Gebt gut auf euch acht!

MEINE BÜCHER

Sounds of – Reihe

1. Sounds of the demons

2. Sounds of the goddess

3. Sounds of … erscheint 2026

…

Mindgame – Reihe

1. … erscheint Ende 2025, Anfang 2026